再見A班

關麗珊 著

再見 A 班

作者／關麗珊
總編輯／馬鎮梅
責任編輯／王心靈
文稿協力／伍詠慈
美術設計／劉碧雲
出版發行／突破出版社
香港沙田亞公角山路 33 號突破青年村
電話：2632 0000　傳真：2632 0388
電郵：breakthrough@breakthrough.org.hk
網址：http://www.breakthrough.org.hk
http://www.btproduct.com
承印／陽光印刷製本廠
2012 年 7 月初版 1 刷

Goodbye, Our Fond School Days !
by Patsy Kwan
First Printing, First Edition, July 2012

ISBN 978-988-8073-67-2

本書採用環保油墨印刷

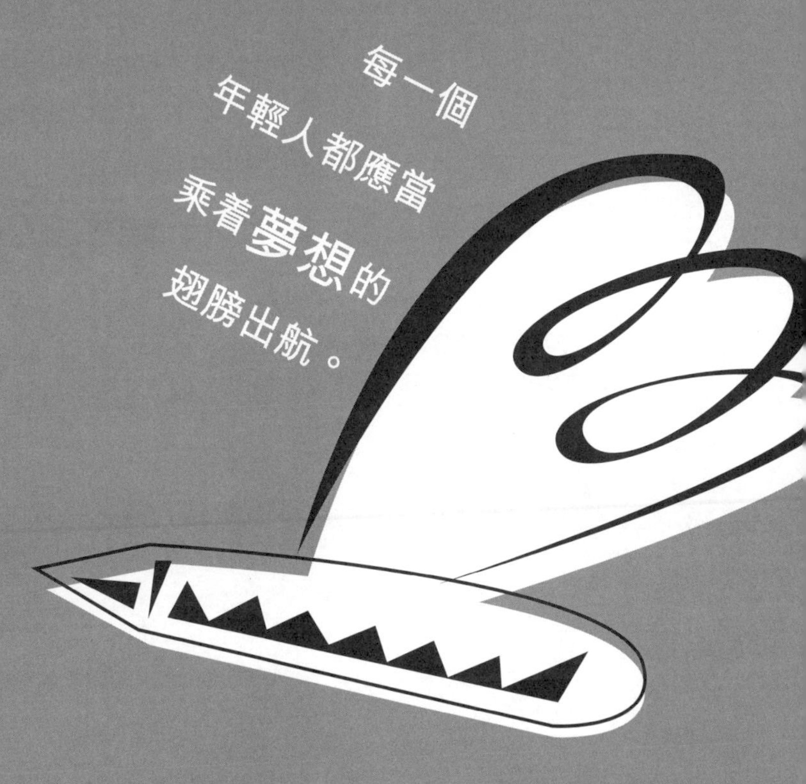

飛翔專號

目 錄

自序：這些年的快樂時光 6

太多朋友 vs 沒有朋友 8

原因不明的考驗 18

爸爸的身影 34

熱狗巴的背叛 52

放棄是另一種追尋 76

投票寒武紀 92

久別與重逢 110

世界末日 128

人生總有幾個十年 146

共度此燭光 166

自序 這些年的快樂時光

由 2005 年 6 月首次推出《F.3A》，至今這系列已出版了六本小說，就這樣過了七年。《F.1A》到《再見 A 班》，小說的時空由 2003 年到 2012 年，世界和社會急速改變，我們只能適應世情變幻。在創作過程中，我看見角色的迷惘和掙扎，他們的思考和轉折；如果大家覺得有些角色的想法前後矛盾，那是因為在這動盪的世代，青少年很易產生矛盾想法，不是嗎？有些人活了一輩子都不了解自己，何況在躁動的青少年時代？

我筆下的人物由中一至大學的這些年間，遇過不少叫他們快樂與哀愁的事。隨着城市的變遷，成長的遭遇，各人都有不同的人生選擇，作者如我只能如實地跟隨他們的發展，把他們的生命記錄下來，沒作什麼價值觀判斷。事實上，在現實世界我也不會太快論斷別人的種種決定吧。

《F.5A》出版後，不少讀者致電郵查探 F.6A 和 F.7A 何時出版。由於香港教育制度轉變，新高中課程不設中七，再寫兩年預科生活恐怕不合時宜，所以，我改為書寫他們的大學歲月，希望讀者喜歡。

投入一羣角色創作的日子，彷彿交了一班好朋友，我很高興陪他們渡過許多快樂歲月，看着他們由中一生長成大學生，如今到了即將畢業的夏天，這段快樂時光也該告一段落了。

感謝突破出版社各位同事的支持，沒有他們的幫助便沒有這漂亮的書籍系列。感謝各位讀者支持，尤其是買齊一套書的，也感謝大家寫電郵給我。謝謝。

太多朋友 vs 沒有朋友

燈光調至微黃，機艙一片寂靜，偶爾有空姐走過通道，她們的腳步放得很輕，以免驚擾熟睡中的長途旅客。登機的時候，小敏看到附近的乘客都是穿戴整齊的中年男女，應是往來香港和紐約公幹的商務旅客。小小的電視熒光屏顯示着時間，只是小敏分不清這時間是美國的晚上，還是香港的晚上，兩地時差是有十二小時之長。

中五畢業後，父母把她送到美國升學，至今已經五年了。她就讀的紐約大學，位處曼哈頓區，是美國學費最貴的私立高等學府。雖然校園不及常春藤大學的美麗，但紐約大學的建築羣圍繞着華盛頓廣場，是紐約市文化生活的中心。她修讀視覺藝術系，計劃在今年大學畢業後，繼續攻讀碩士課程。

在這個多元文化匯聚的國際大都會生活，小敏有機會與來自世界各地的學生交流，學會以更廣闊的胸襟去接觸不同的人與事，只是有些人她始終看不慣。

近年不少家境富裕的華人入讀紐約大學，小敏對這些同樣黑頭髮、黃皮膚的面孔並沒有親切感。他們住在租金高昂的曼克頓公寓，身穿名牌衣物，以歐洲名車代步，看來非常閒散地過日子，還不時開狂歡派對。美國人開的汽車款式老舊，他們只視車子為代步工具，並不追求時尚。相對而言，看見這些跟自己同齡的學生胡亂花費，奢靡度日，惹人反感，他們不過是學生，還未有賺錢能力，卻享用着這奢華過度的生活。

小敏已經明白凡事不能看表面，近年逛美術館多了，也看多了街頭塗鴉，漸漸明白貧富差距是人為的，拍賣價高的油畫不一定比街頭塗鴉的藝術價值更高。

初到美國，媽媽總是要陪她出入，也掛心她獨自乘坐經濟艙。小敏明白父母擔心，難以拒絕他們的愛。當她得知全球首富蓋茨不乘坐頭等機艙，因為乘坐經濟艙都是同一時間到達目的地。她便藉此勸服父母，訂了一種介乎商務和經濟艙之間的機位，座位更寬闊，食物更好一點，她知道「好一點」的服務總叫父母安心。

她前方的乘客正在睡覺，左邊的亮了燈，專心地在電腦前看文件，左前方的座位也亮了燈，那人正在細心閱讀。看來他們都不似學生，大部分學生都在經濟艙。

小敏沒有睡意，伸手按亮了頭頂上的黃燈，掏出設定為「飛行模式」的手機，重讀美琪的電郵——婷婷病了。她原本沒計劃在暑假回港，輾轉得知好友生病，連忙請母親代訂機票，託詞說想提早回港度假。

說是輾轉，是因為婷婷根本沒提過她生病。她不時在面書上上載生活照片，有時是在大學校園餵貓，有時跟朋友吃拉麵，還為新買的碎花水靴拍照，生活多姿多彩，樣子顯得愉快愜意，即使在「彩虹五貓」的私人小組，都沒有寫下任何變動。

彩虹五貓，就是莫婷婷、張美雪、程詩敏、簡美琪和宋美恩，她們在 F.3A 的班上認識，性格各異的五個女孩經歷了成長最關鍵的中學生涯，成為推心置腹的好姊妹。

中學畢業後，小敏留學海外，在面書開了一個「彩虹五貓」私人小組，跟好友保持聯絡。在網路發達的年代，即使分隔兩地，她們毫不費勁就得知朋友的近況，例如才華洋溢的張美雪，與班上成績平平的張建寧正式交往了。

張美雪以一貫的高材生成績考上大學，她沒有像許多大學生那樣，擺脱了公開考試的枷鎖就過放縱玩樂的生活，她依然認真學習，不時在面書上載閱讀筆

記。最令人震驚又不解的是，她竟然在面書貼上跟張建寧的合照——文靜溫婉的阿雪與高大挺拔的張建寧在籃球場邊並肩站立，兩人臉上不約而同地流露着羞澀的笑容，即使沒有親密動作，一切盡在不言中。看後，小敏思潮起伏，阿雪怎會喜歡張建寧？

張建寧雖説長得高大好看，曾經是校內籃球校隊成員，但他運動以外的表現都是平平無奇，學習態度也不見得認真，阿雪喜歡他什麼？何況他沒有升讀大學，便跑到大藥廠做推銷員，這種連學歷都欠奉的男生，又怎能與熱愛知識，思想成熟的阿雪溝通？小敏不明白何以他們走在一起，曾給阿雪電郵問她，她的回郵只有兩個字：緣分。

阿雪的學業成績向來優異，在媽媽病重的日子，她曾經想過當醫生。後來她認定自己對文學的興趣，開始夢想跟爸媽一樣當老師；高考以後，她考上全港最優秀的中文系，既醉心於古典詩詞，也開始嘗試文學創作；課餘的時間則填滿了兼職補習課，大學生活過得充實又愉快，她感到自己正朝夢想進發，在父母走過的路上經歷一遍。

美國曾有一份調查報告指出，如果一個人的面書有過千朋友，表示這人不過是亂交網友，甚至根本沒有朋友。曾經有一位教授引用阿里士多德的話來形容網絡朋友：「A friend to all is a friend to none.」小敏必定拒絕陌生人的交友邀請，她不想被陌生人窺見自己的隱私。宋美恩經常用智能手機更新面書狀況，面書上的朋友多不勝數。阿恩想必是來者不拒吧。

網絡世界的圖文一旦上載，就不再是自己能掌握的了。奧巴馬跟年輕人會面時，有人問他立志做總統要留意哪些事，奧巴馬答：「謹慎使用面書。」

看過同學在派對醉酒失儀、放浪形駭的樣子，也聽說有僱主會在網上查探求職者資料，有人因年少無知而失去受聘的機會。自此，小敏減少在網上公開展示自己的生活。

看到阿恩的面書有太多陌生人，小敏擔心不已。

她轉念又笑了起來，以阿恩的聰明才智，她不騙人已經很好了，哪有人能騙過她？

翻看手提電話的中學舊照，簡美琪的外形變化最大，小敏還記得美琪在中一時傻呼呼的模樣，如今已長得出色標緻，清秀可人。她跟婷婷同時考上新聞與傳播系，平日回校上課都得打扮成女主播的模樣，現在的套裝高跟鞋跟她讀初中穿運動服玩體操的模樣相距甚遠。

美琪的面書曾經公開跟謝國鏗交往，近來寫上single，更在面書毫不留情地 Unfriend 了他。大家都認得 Friend 這個字，也渴望有 Friend，而面書卻創造了 Unfriend 這新字。交朋友仿如買菜，可以隨時決定要不要、Friend 或 Unfriend。

即使在美國結識了不少新朋友，大夥兒玩得開心，小敏透過他們認識到不同國家的文化；但她最珍惜的還是中學同學，在少年時代曾經付出過最單純的感情。

紐約的華人喜歡用原名拼音，電視劇的華人角色叫 Chun-wah，有些華人用 CK、TT 和 KC 等，她用詩敏音譯 Szeman，聽來當然不及小敏親切。科技太進步，讓她不用交談也能熟知朋友的行蹤、生活，甚至情感，但她並不了解他們。

除了面書，美琪也玩微博，小敏的美國華人同學中不乏微博控——微博控每分每秒留意着微博粉絲的反應，有時為了引起別人的注意而改變自己的生活。不過，相對於真正的微博控，美琪只算稍為愛玩，未至沉迷。

長途電話費便宜，父母經常給她電話，小敏覺得跟父母越洋聊天的話題遠比在香港同住時多。小時候，她常渴望父母陪伴，現在已是大三了，又覺得傾談太多，要是她想有空間，便間中裝作沒聽見電話響聲。

回來之前，小敏跟美琪通過電話，關心她與國鏗的感情事。美琪欲言又止，談及兩人多次為瑣事吵架。後面的話題已轉到小敏如何計劃畢業後的前路，以及婷婷的病情。

小敏感到國鏗彷彿在美琪的生活裏消失了。她在電郵裏問國鏗究竟怎麼了？他說，想專心讀書而已。小敏知道國鏗沒有説真話，他說的跟美琪的版本不一樣。

放下手機，小敏伸了伸懶腰，空姐遠遠看見，給她送來一杯溫水。小敏嗅到空氣中有飛機早餐的香氣，知道新一天來了。

原因不明的考驗

空氣中瀰漫着濃烈的消毒藥水氣味，婷婷躺在牀上，呆呆地看着白色的天花板。她覺得餓，但不想進食；感到非常寂寞，卻不願找朋友。

這是公立醫院的雙人病房，每日收費二千二百元。由於她在人多的病房無法安睡，父母寧願多花金錢讓她住得舒適一點，希望減輕她的痛苦。

婷婷想念起張叔叔來，這位父輩的補習老師不只教她功課，也關懷她的成長，是中學階段的重要朋友。父母離婚後，婷婷變得缺乏安全感，心裏懷疑父母不愛她，不明白為什麼他們各自展開新生活後，都不願接她同住。

她感到父母都不擅於表達感情，總是以沉默面對問題，使她感到窒息，惟有張叔叔比父母更懂得表達關心。

鄰牀的病人剛剛出院，未有新病人入住。房間內的寂靜摻雜了冷氣機的機器聲，婷婷感到身陷噩夢的深淵，渴望一覺醒來，可以回家；可是不論如何掙扎，也是徒勞。

讀文科的婷婷一直沒找到自己的興趣，即使高考成績理想，卻不知將來想做什麼工作，要修讀什麼科目發展自己的專長。大學選科時，美琪選修了新聞系，婷婷沒這樣明顯的喜好，她認為在互聯網年代，新聞工作已是夕陽行業，人人有手機和相機拍照，突發記者不及在場的市民更快拍到珍貴的瞬間。不過，即使她對新聞系興趣不大，仍選擇這門學科，她需要的是朋友。

兩人曾夢想一起過宿舍的生活，卻申請失敗，原因是內地學生增多，宿位供不應求。學生會代表寫大字報，指向大學政策本末倒置，校方應該先照顧本地生需要，才顧及外地生，但現在剛剛相反。

大學三年級時，婷婷要奔走於大學校園與實習機構之間，可是她病了。起初是持續發燒，體溫保持於三十八度，容易疲倦，間中咳嗽，家庭醫生認為是感冒。婷婷服了感冒藥，病情卻沒有好轉，拖延一段日子，家庭醫生才轉介她到醫院檢查。

婷婷經過多次檢查，入院多天都未找到病因，直至主任醫生做了一個活體化驗的小手術，才驗出是霍奇金淋巴瘤，確診為第二期，由原發部位蔓延到附近的器官了。

莫先生怪責醫生延誤了女兒的診治時機：「你是我們的家庭醫生，十多年了，怎會看不出這麼嚴重的病！」

婷婷勸道：「別怪責他，我上網看過許多中英文網頁，原來這病的患者多是年輕人。」

「以你醫生的專業，應該及早發現的。」莫先生話裏不無埋怨。

「爸，診斷學很專門的，我又沒有明顯病徵，別怪責醫生了。」

即使醫學進步，每個年代都有叫人束手無策的疾病。婷婷沒有抱怨醫生，她沒有典型的病徵，癌細胞在深層淋巴結開始分裂，沒有肉眼可辨的淋巴結腫大；加上她的身體向來健康，沒有家族癌病遺傳，患癌的或然率不高，醫生才未能及早想到患癌症的可能。

西醫病名多以發現者命名，如 Thomas Hodgkin 在 1832 年紀錄淋巴瘤，這病名命為霍奇金淋巴瘤（Hodgkin's lymphoma），簡稱 HL。舊稱 Hodgkin's disease，以前中譯為霍奇金病或何杰金病。

婷婷在報上讀過二十多歲的模特兒患了這個病的遭遇被寫成專題故事，並要籌募醫藥費，婷婷看她患病前後的照片，任誰都看到容貌轉變之大，臉部變形，後頸部的淋巴結腫脹，下顎和頸項脹大。疾病不但奪去健康，還奪去美麗與活力。

婷婷的病位在腋下深層淋巴結，從外觀不易察覺異樣。不過，她不知道隨着病情加重，頸部和腋下淋巴位都將出現腫脹。她好奇這個比她大幾歲的模特兒為什麼願意接受訪問，給廣大市民看見她的病況。是因為她急需醫藥費才作這公開呼籲吧？

當她在面書看到朋友吃喝玩樂的生活片段時，心底沒來由地生出憤怒，彷彿人人稱心如意，個個活得快樂，只有她被世界遺忘。

近年有心理學家研究發現，經常看朋友面書的青少年最易感到失落，因為大部分人只在面書上分享開心的一面，隱沒不如意事，人們在有意無意間美化了人生，當婷婷把自己的真實處境跟網上的朋友美化版本比較，難免感到酸溜溜。

今天，瑪利安打算陪伴婷婷到醫院檢查，但婷婷拒絕了。自從父母分開後，莫家開始聘請女傭，於是瑪利安來了。後來，瑪利安女兒大學畢業，她便想回鄉享福，但菲律賓經濟蕭條，女兒未找到工作便結婚生子。家庭的擔子又落在瑪利安一個人身上，她只好返港打工。剛好莫家的印傭辭工了，瑪利安順理成章地回來，莫先生感到女兒寂寞，也不吝嗇長期服務金，讓熟悉的工人陪伴照顧婷婷。

婷婷看過《桃姐》——這套講述女傭和少爺主僕之情的電影，然而婷婷無法跟瑪利安建立親密的感情。

2010 年 8 月，電視新聞直播馬尼拉脅持香港人質事件，菲律賓政府的營救行動錯漏百出，警員畏首畏尾，瑪利安激動地流淚，訴說自己的國家經常發生這種事；知道有八名人質在槍戰中死亡後，她不住地跟婷婷說對不起。

瑪利安是善良的，她與婷婷像家人一起生活，不過外籍傭工爭取居港權的時候，她實在不願看見瑪利安成為香港人，因為彼此就是有距離。

舊事歷歷在目，婷婷躺在牀上輾轉反側，丘俊傑的身影漸漸清晰。

丘俊傑唸工程系，兩人在大一時於劇社相識，又不時在校園相遇，直至一天在飯堂碰面，乾脆一起用餐。丘俊傑談及一套社會運動的電影，邀請婷婷同去……回憶停在美好的瞬間，婷婷回味着當時的喜悅，然而，她最終沒有赴約——約會那天，她確診患病，彷彿一切美好的未來都在瞬間幻滅了，只能硬着心腸取消見面。

為了好好醫病，婷婷聽從父親勸告休學三個月。她心裏充滿不安與惶恐，卻不願讓人知道，寧可強裝堅強，獨個兒入院進行檢查。

收到化驗報告前，醫生不禁問婷婷：「莫小姐，你沒有家人陪同前來嗎？」

「沒有，他們都忙。我已經二十一歲了，可以決定自己的事。」

醫生遲疑幾秒，用手托一下眼鏡，說：「我們發現你有淋巴癌，癌細胞擴散得快，已經第二期了。」

婷婷呆了半晌，完全不懂反應，時間像停頓了，她只聽到自己不規律的心跳聲，腦海映出的是電視畫面上看到的癌症病人，他們在治療過程中脱髮、嘔吐不止，急速衰老。婷婷的心臟像突然停止了跳動，她不要這種情況，輕輕吐出一句：「我不想醫治了。」

面對惡耗，一般人會經歷否定、拒絕、憤怒、難過和接受等幾個階段，婷婷一開始就只想放棄，憤怒的情緒彷彿跳過拒絕承認和否定事實的階段，全然佔據她，她憎恨命運，自己既長得不夠漂亮，也不特別聰明，連運動細胞和音樂細胞都欠奉，竟然生出癌細胞。

「莫小姐，我明白你的心情。現在醫學進步，化療藥物會儘量減少毒害正常細胞，也許你跟家人前來，我再跟你們解釋治療方法吧。」

婷婷回家後，給父母相同的短訊，像擬定新聞標題似的簡短：「我確診患淋巴癌。」

收到短訊，莫先生不願接受現實，只推説女兒是在鬧情緒、開玩笑罷了。媽媽即時致電：「怎麼可能？驗清楚了沒有？你再做一次仔細檢驗吧。」

婷婷沒半點激動，只冷靜地説：「我們接受現實好了，是淋巴癌。」

電話傳來媽媽呼天搶地的哭聲，婷婷倒沒想過她會這麼激動。

回想至此，婷婷的枕頭濡濕了，躺在病牀上，她總會不知不覺流淚的。關掉手機，認為沒有人會找她的。要不然，她會聽到美琪的留言。

美琪重複聽了多次婷婷的電話留言，感到她有事隱瞞。她立即回覆電話，瑪利安說婷婷不在家，卻不肯說出她的所在。

初中開始，美琪經常到婷婷的家玩，跟瑪利安早已熟絡，她不願掛線，定要查出婷婷的情況。

瑪利安左右為難，只好說：「你問莫先生吧，我不能說的。」

收到美琪電話時，莫先生並不感到詫異，美琪是婷婷由中學到大學的同學，她自然知道婷婷有事。

莫先生想了想，說：「婷婷在醫院。」

美琪吃驚地追問：「她怎麼了？」

「婷婷的性格就是這樣，有什麼事都藏在心裏，她不願讓人看到她的病容。」

「她怎能這樣？我明天去探望她。」

「美琪，我知道你們是好朋友，很關心她，但你還是不要來了。婷婷患淋巴癌，心情很差，明天開始首次化療，我和她媽媽都請了假陪伴她。我想，她還不願意讓人知道自己的病況。」莫先生溫和地說。

美琪非常清楚婷婷的個性，既然她不想通知朋友，在面書隻字不提，美琪只好尊重她。

聽到電話另一端沉靜下來，莫先生說：「我會勸她找找你。」

她想了想說：「我下課後，可否到醫院偷偷看她一眼？我很掛念她。如果她不想見我，我裝作探病剛巧經過好了。」

「她住雙人房，你怎可能假裝路過？」

「我在門外看看她，遠遠地看就好，不會給她發現的。」

「婷婷有你這樣的朋友真好。」

美琪強裝笑意，卻紅了眼睛。

莫先生說出醫院和病房號碼，安慰道：「不要擔憂，婷婷這病的存活率很高，八成以上病人會完全康復的。」

「我知道了，叔叔你也別太擔憂啊。」

莫先生坐在客廳跟美琪談話，妻子在飯桌陪兒子溫習，由原來的一家三口變成現在的一家三口，莫先生不知不覺之間忽略了婷婷。想起美琪與婷婷一起溫習的日子，猶如昨天，面對久沒再見的美琪，他想說些客套話，卻又說不出半句。

女兒患病，莫先生心裏五味雜陳，常常想起初為父親的那段日子，雀躍與疲憊交織，簡單而幸福。然而，由於再娶的妻子帶着九歲的兒子，她認為不方便跟婷婷同住，莫先生再婚後搬到另一單位，把照顧女兒的責任交付瑪利安。

兩個家庭和兩個孩子的開支都得兼顧，莫先生惟有一直埋首工作，想不到女兒得了重病，他頓時感到過往的努力都失去意義，只想設法補償一切。

莫先生回過神來，走向妻兒。他已經忽略女兒的成長，不願再讓繼子感到孤單。

美琪在大學火車站等候校巴，碰見丘俊傑在前面排隊。

丘俊傑身穿白色襯衣牛仔褲，耳戴聽筒，低頭在看手機。他不期然的四顧打量隊伍的長短，甫轉過身就發現婷婷的同班好友，排在隊後的美琪。

「你好。很久沒碰見婷婷了，她好嗎？」丘俊傑主動打招呼。

美琪認得這位戲劇組小生，婷婷不時提起他，說他在舞台的演出如何精彩，又說他在微博有過萬「粉絲」，美琪笑稱可能是「僵絲」，即是在網上購買一堆關注的數目，用來建構一個被粉絲關注的虛名。美琪不打算說出真相，便說：「她很好啊，也許上課時間不同，加上你們欠缺緣分就碰不上面。」

丘俊傑搔搔後腦，說：「奇怪，面書也不見她更新近況……」

「沒空就不玩面書罷。」美琪心跳加速，生怕說錯話。剛好校巴來了，便着丘俊傑趕緊上車。

放學後，美琪直接往醫院跑去。她從病房門外，看見婷婷正專心看書，昨晚在網上搜尋了一些淋巴癌的資料，知道病人的淋巴結會脹大，不知是否心理作用，她覺得婷婷的頸部確有點異樣。

她在病房門外按下一組熟悉的號碼，婷婷看見來電顯示，猶豫了片刻才接聽，以輕快帶笑的語氣說：「喂，美琪，找我有事嗎？」

「噢，你在哪兒？方便傾談嗎？」

「方便啊，我在家裏看書而已。」

「嗯，我剛才碰到丘俊傑，他說很久沒有看見你了。」

婷婷沉默下來，一臉鬱結，好一會後才說：「我病了。」

美琪故作什麼都不知道，問：「哪裏不舒服？我來你家探病好嗎？」

「不！我現在很難看，待我病好才約你們吃飯。」

「婷婷，我們自小相識，你什麼樣子我沒見過？你還有沒有把我作朋友啊？」

「遲點才說吧。病人需要休息，總不成忙於招呼探病的人啊。」

美琪有點生氣：「如果阿雪和阿恩問起你，我可以怎樣說？我不想說謊。」

「對熟朋友才說我病了，不便探病，其他人不要說了。」

「婷婷……」

「別說了，我很快康復的，再談吧。」婷婷匆匆掛線。

美琪轉身靠在牆上，她尊重婷婷的意願，靜靜遠離她所在的房間。走到醫院大門的時候，莫先生迎面走來，說：「見過婷婷沒有？」

「沒有，在門外通過電話，她說在家養病。」

「這個傻孩子的性格跟她媽媽一樣，把所有事都憋在心裏，任何困難都獨自面對，不許人幫忙。等到解決不來的時候，其他人都無法幫忙了。」

當初婚姻亮起紅燈的時候，莫先生藉着拚命工作逃避問題，不願跟人傾訴，不去尋找支援，自顧自的走入死胡同，才走到離婚這一步。他剛才説婷婷像媽媽，其實女兒更像他自己，想到這兒，笑説：「她的優點像媽媽，缺點統統都像我。」

氣氛有點尷尬，美琪想不到新話題，只禮貌地説：「叔叔，謝謝你的信任，讓我知道婷婷的情況。剛剛跟她通過電話，但她不願見我。我先走了，不要説我來過。」

莫先生點點頭，往升降機大堂走去。看着莫先生的背影有點老態，美琪想起自己父母，他們經常要上髮型屋染黑髮。想起中四的音樂會，婷婷的父母和自己的父母那時看來年輕多了，不知是生活逼人，還是人生必經的自然衰老現象。

爸爸的身影

張美雪在單親家庭長大，爸爸在她五歲時因胃癌離世，生前給女兒寫下二十二封信，並拍下一段錄像，前者作為女兒成長的錦囊，後者是送給女兒十八歲的生日禮物。即使阿雪對爸爸充滿懷念，但她從來沒想過偷看影片，相信爸爸的安排自有他的心意。

張先生沒料到十多年來的攝錄器材不斷改變，影像全面數碼化，為免丈夫最後的心血會消失，張太太不但多錄一盒影帶，更請舊同事幫忙，更新影像的存檔方式。於是由錄影帶到電腦光碟，電腦光碟到電腦

USB 手指，張太太存了許多版本。雖然有些已經作廢，在錄影機絕迹的年代，她依然珍藏着那盒儲藏着丈夫音容笑貌的母帶。

十八歲生日那天，阿雪終於可以觀看父親的錄影。屏幕上的張先生穿着白色襯衣，體型消瘦卻文質彬彬，他凝望鏡頭，好一會才說：「美雪，十八歲生日快樂！」

阿雪抹掉眼淚，對着爸爸笑起來，「你現在應是又哭又笑吧？別哭，不要哭，只願你的日子充滿歡笑。許多父母對子女有過高期望，我是缺席爸爸，豈敢胡亂期望？我只希望你健康、自信而快樂地成長。十八歲的你是怎樣的模樣？我想你一定是個討人喜歡的女孩，一定不乏男生追求吧？當遇上男生追求，不妨早些給媽媽知道，你看她選了像我這樣高質素的丈夫，自然知道她別具慧眼。」

阿雪望向身旁的母親，只見她淡然一笑，事隔多年，張太太仍然守着這份可堪回憶的愛情，對她來說，所有事情彷彿從未過去。

「美雪，原諒爸爸不能陪着你長大，不能好好照顧你……」張先生鼻子一酸，眼睛發澀，他深深吸一口氣：「生命的長短總是不由自主，但沒有什麼能隔絕我們的感情！爸爸永遠愛你，生日快樂！」

阿雪抱住媽媽哭起來，張太太哄着說：「別這樣，別這樣，生日應該是高興的。媽媽為你做了芝士蛋糕，我去冰箱拿。」

阿雪點點頭，抹去眼淚，讚歎道：「媽，你怎懂得做芝士蛋糕呢？」

「趁你上學去，我就去上課。」張太太吃吃地笑說。

自從做了換腎以後，張太太的身體慢慢地復元，狀態好的時候，她會到區內的補習社做兼職老師。由於抵抗力弱，她不時生病，工作也不穩定。比方說，普通人患感冒只消休息三兩天，但她連小感冒都要休息半個月。健康情況稍好時，她會到補習社做兼職，間中上興趣班學烹飪和小手工。即使阿雪功課忙，沒空陪伴，她也不感寂寞。

「這是第一個實驗品，不知道是否好吃？」

「濃濃的芝士口味，白老鼠最喜歡！」

媽媽捧着蛋糕放在阿雪面前，看見最喜歡的芝士蛋糕，她輕吻媽媽的臉龐。

阿雪過得最快樂的是十八歲生日，爸媽都用不同的方式祝福她，令她有一家團聚的感覺。許多人自小在美滿家庭長大，難免生在福中不知福，不曉得團聚的幸福感。阿雪沒有這樣童年的記憶，卻在十八歲生日這天嚐到了一家團聚的甜蜜。

阿雪聽從爸爸的話，把張建寧帶回家吃飯。張太太沒有多說一句，待他如女兒的普通朋友。

看見女兒首次帶回家的朋友，她甚至會想，如果她有一個兒子，多希望兒子也像張建寧一樣高大健壯，活躍爽朗。

事實上，許多人認為張建寧和張美雪像兄妹多於情侶，也許因為他們根本是兩類人：一個愛跑圖書館，一個遠離文字；一個愛觀看有思想的文藝作品，一個愛看胡鬧的綜藝節目，例如阿雪會看電視劇《天與地》，她思考的是劇中「人吃人」的隱喻，經典對白「和諧論」；張建寧同樣愛追看電視劇，但他最多只會裝酷地唱《年少無知》，討論女主角應該愛誰。朋友由起初的不解，到後來接受他們就像坊間愛情理論所說，成為互補不足的情侶。

事實上，阿雪並非一開始就喜歡張建寧的，她起初喜歡班上的高材生程卓民，但程卓民在中四時遠赴美國升學，自此兩人沒有聯繫了。中七的時候，張建寧多次約會她，她一直拒絕，直至高考完結，她才答應結伴看電影，關係就這樣朦朦朧朧開始。大學放榜後，阿雪升上大學。張建寧成績一般，也足以升上大學，但他自知長遠很難跟資優生競爭，不如及早踏足社會，到藥廠做推銷員，在事業路上提前起跑。

阿雪才上大學不久，張建寧就向她求婚。他理直氣壯地說：「我的薪金已超過了個人申請公屋的九千二百元入息上限，如果我們結婚，就可以一起輪候公屋，待你畢業以後，我們就很有可能等到自己的單位了。」

阿雪堅定地拒絕了他，一點也不遲疑。阿雪聽着這番看似經過深思熟慮的計劃，一點兒也不感到甜蜜，面對婚姻這重要的人生課題，她竟感到巨大的迷惘。

別人求婚用的是戒指，可是，張建寧一再拿結婚申請書和公屋申請書作遊説，像一個向母親要求玩具的小孩。

阿雪沒好氣地問：「你的夢想只有結婚嗎？你這麼年輕，為何不在職進修呢？為什麼不想想人生有什麼目標，朝着它去裝備自己？總不成一輩子賣藥啊！」

張建寧嬉皮笑臉地説：「我當然有夢想，我的夢想就是娶你回家，住進一間大單位的公屋，公屋配套理想，保養維修的費用由政府負責，住一輩子很划算！廣告説養一個孩子要四百萬呢！如果我們要生小孩，住公屋才能儲錢。我對這份感情相當認真，當然要及早儲錢了。我是誠意十足的，你要看看我的存摺嗎？」

「為了申請公屋而結婚，我不接受！」

「面對現實吧！未雨綢繆，我有幾個鄰居都是這樣的。我們在公屋長大，地方不夠住了，個個都急於分開戶口，申請上樓。許多大學生都趁未畢業就申請公屋，只要獲分配了單位，畢業後就不用為了住屋捱貴租、還房貸，只有這樣才可儲錢實踐理想，難道你不明白？」

「夠了！我再說清楚，我現在根本不想結婚！」阿雪認真道。

「你愛我的話，為什麼還猶豫呢？」

阿雪心裏難過，但沒有回答。

「我們不如各讓一步，先填好兩份申請表。我們在法律上算是結了婚，但實際上保持現狀，等你想結婚的時候才擺酒、同住，那時候，我們應該分配到公屋了。」

「這不是欺騙政府嗎？對其他輪候人士不公平！」

「不算欺騙，這是權宜之策。香港的樓價是天價，我們苦幹一輩子都不過是為地產商打工，許多八十後都已申請公屋，我們九十後還不快快跟隨，恐怕就沒有我們的份兒了。」

阿雪想到：「不少青年日日打機，不工作只領綜援，難不成也去仿效他們？」但她還是把話硬生生吞進肚裏去。

阿雪沉默下來，低頭吃牛排，不知道是握刀不穩還是心不在焉，她的餐刀脱手掉到張建寧面前。

他誇張地裝作嚇了一大跳，說：「你不滿意我的建議，也不必用飛刀來對付我吧。唏，被刀刺好痛的，我寧願你下毒，混和安眠藥給我服，好叫我死得舒服一點。」阿雪不禁噗哧一笑。

張建寧性格愛鬧，説話風趣幽默，經常逗得阿雪開懷大笑。阿雪接過侍應生的另一把餐刀，說：「你知道我不滿就好了，別走得那麼近。」

「哎呀，你這就打算謀殺親夫嗎？」

「誰嫁你？」阿雪嘟起嘴說。

「你準不知道的，我由中三開始就喜歡你，還記得你第一日上課的樣子。我第一眼看見你，就愛上你了，只是我的成績平平，你沒有留意我罷了。」

「你別誇張，把我當成醫生來推銷新藥嗎？」

「當年你一來到我們班上，第一次測驗就得了滿分，我多麼震驚，我試過努力讀書，希望能追上你的成績，但考三甲的總是你、宋美恩和程卓民，你一定沒有留意我這類隱形同學吧。」

阿雪的確沒有留意他，但學業成績只是人生中非常微小的部分，中學階段已經遠去，何必在意呢？她淡然地說：「現在留意你不成嗎？」

張建寧定睛看着阿雪，輕輕道：「我喜歡了你這麼多年，好不容易才成為你的男朋友。你問我的夢想，我的夢想就是跟你一起，經歷人生的高低起伏，相愛到老。」

「油嘴滑舌！你想以寶藥黨的伎倆哄我？誰會有這種夢想？」

「我想快點儲錢結婚，連大學都不去唸了，賣藥有佣金，我只要拚命工作，很快就能賺許多錢，讓你將來不用辛苦工作，留在家裏，專心相夫教子。」張建寧愈説愈高興。阿雪卻感到害怕，她想説，她不要那樣的人生，但又説不出口。

「幹嗎不説話？」張建寧深情地捉緊她的手，許諾：「我那麼愛你，會好好照顧你的，相信我。」

阿雪勉強笑起來，裝作看手錶説：「時間不早了，你明早還要上班，早點回家吧。」

阿雪知道，張建寧待她好。從前在課室，每次阿雪有什麼困難，坐在附近的張建寧都在身邊默默幫助她。

張建寧揚手示意結賬。

不知何時開始，張建寧含情脈脈的目光變成了探射燈，令她想設法逃避，每次被凝視，她總覺不大自在，甚至感到壓力。她開始懷疑，自己是否不愛他。她清楚自己的感情，發現不見面時，她幾乎從不會掛念他，也不會像他那樣總給她電話和發短訊。

張建寧送她回家，二人分別前在路邊擁抱，他輕吻她，阿雪並無反感，也想跟他多待一會；她對自己說，或許想多了，她是愛他的。

返回家裏，媽媽坐在沙發上在看電視劇，她倚在媽媽身旁，一言不發。

媽媽説：「建寧不上來坐坐嗎？」

「你看到他？他想上來的，但我勸他早點回家休息。」

「每次看見建寧，都覺得他説話的神態很像你爸，不過，你爸不及他風趣。」

阿雪想説他不過愛搞爛 gag，但媽媽這番話令她怔住了。沒想到原來自己想在張建寧身上找尋爸爸的身影。

張建寧的外形跟阿雪的爸爸並不相似，但聲線相近，喜歡逗人笑的性格也相似，當然，他們同樣愛護阿雪。

張建寧長得高大，當與他擁抱的時候，阿雪總覺得自己像小女孩躲在寬闊而安全的懷裏，她喜歡這種溫暖的感覺，但她從沒想過自己喜歡的是想像中的爸爸懷抱，而非眼前人。

「怎麼了？」張太太問。

「沒什麼，只是有點疲累，我想休息了。」阿雪說。

張太太曾是中學教師，明白青少年渴望愛，但總會混淆了愛情和感情。她看得出女兒並不愛張建寧，但阿雪已經成年，她不願干擾女兒的決定，只好靜靜守在女兒身旁，聆聽她、支持她的選擇。

梳洗後，阿雪的手機在閃，她知道是張建寧傳來信息，他一貫的甜言蜜語。阿雪懷疑他的手機儲存了樣本，每次只要剪貼就傳給她的，不然怎會這樣沒完沒了？

阿雪沒有查看，拉開抽屜，在她心愛的百寶盒找出爸爸的信。在通訊科技發達的年代，她更喜歡爸爸用黑色墨水筆書寫的信，秀逸的字迹流露着歷久常新的愛的溫暖。爸爸每一封信都有一個主題，這樣下筆的原意是要陪伴女兒成長，寫信的時候，會預計她讀信年齡的理解力來寫，讓女兒在不同成長階段看到所需的信。阿雪細讀二十二封信無數遍，已經可以單看信封便記起信的內容，她抽出談愛情的一封細讀。

美雪：

看了多封書信，我們已經是熟朋友啊，可以分享私密的話題，例如愛情。

實不相瞞，爸爸的戀愛經驗是「有限公司」——現在沒有人這樣說了吧？爸爸讀書的時候是波牛（還有人這樣說嗎？）波牛即是熱愛踢足球的男孩子。我的戀愛經驗極少，初戀對象就是你媽媽。

我在中學教書時，初次遇上你媽媽，好像鴛鴦蝴蝶派的愛情小說形容那樣，頓覺天旋地轉，整個世界突然變得美麗起來。你別笑爸爸誇張，我從小就愛吹牛（還有人說「吹牛」的嗎？希望你看得懂，不然我們開始有代溝了。吹牛即是胡扯的意思。）誰叫你爸在牛年出生啊！

普及心理學書籍説，沒有父親陪伴成長的女孩容易有戀父情意結，專挑年齡足以當爸爸的大叔拍拖。我不願我的離去對你有影響。我自知無法補償在你生命中缺席的遺憾，但你要清楚自己的想法，愛情跟父母的愛護不同，別因為被愛的感覺蓋過了心裏的聲音，要小心分辨。

美雪，你一定會遇上愛你的人。我希望你能耐心等待真愛，當你遇上如虹彩般絢麗的他，就會覺得其他人都如浮雲。如果你能確定自己遇上對的人，學會彼此愛護，彼此守望，即使他是大叔，爸爸同樣祝福你的。

這是你的人生，我又多言了。愛情是美妙的經歷，無論你愛一個怎樣的人，只要他有一顆正直善良的心，爸爸都支持你。爸爸喜歡讀情詩，也抄過不少送給你媽，打動她的芳心。噢，我們拍拖的年代，許多人愛「煲電話粥」談情，只有我這種傻瓜堅持寫信。

我真的喜歡寫信，寫信時，我就想像收信的人會有怎樣的心情，寫這封信時，我滿腦子都充滿了已經長大的你的身影。

我喜歡雪萊（Percy Bysshe Shelley）的情詩。他離世時才二十九歲，比我還要年輕，西方人相信，好人早逝，因為上帝喜悅他們，接他們早日回到天家。讀雪萊這首題為〈輕柔的聲音逝去〉的詩，想與你分享。

輕柔的聲音逝去，音樂
依然在記憶縈繞——
甜美的紫羅蘭病了，香氣
依然在四周芬芳裊裊
玫瑰凋謝，花瓣
疊成愛人的牀
當你逝去，試想
愛永存在
Music, when soft voices die,
Vibrates in the memory——
Odours, when sweet violets sicken,

Live within the sense they quicken.
Rose leaves, when the rose is dead,
Are heaped for the beloved's bed;
And so thy thoughts, when thou art gone,
Love itself shall slumber on.

阿雪反復誦唸這首詩無數遍，心裏有着千迴百轉的思念。此刻，她想到爸爸並非選這首詩跟她談愛情，而是要表達他對媽媽和她恆久不渝的愛，只要將詩中的你換成我，就是爸爸要說的話。

手機響起熟悉的鈴聲，又是張建寧發信息來了，她打開收件匣，先看見他喜歡用的青蛙符號，才讀到文字。

「到家了吧？快覆我。」

「青蛙等公主一吻，然後發夢變王子。」

「快回覆，我等了許久。」

阿雪選了哈哈笑符號，回覆：「我累了，你也早點睡吧。」

張建寧的信息近乎即時傳到，這次用大笑符號：「遵命，公主！」

放下手機，阿雪歎了一口氣，想到應否跟媽媽談張建寧，她發覺媽媽從不讚賞或批評他，幾次見面，都是客客氣氣，閒聊天氣，她不知怎樣跟媽媽傾訴。

電話又響一下，阿雪以為又是張建寧的短訊，想不到是美琪。她看了一遍，以為看錯了，再看一遍，呆了半晌，不願相信看到的是真的。

「壞消息：婷婷患病，進了醫院，她不願告訴別人，是莫先生告訴我的。今天跟她談過電話，她只願意讓我們幾個知道，我很擔心她！」

阿雪馬上登入婷婷的面書，她剛上載了吃自助餐的照片，寫了句「和朋友去吃自助餐，好開心」。

阿雪一眼就看出這是去年的照片，因為阿恩在大二那年放棄學位，到金融機構上班，她第一次收到薪金便請她們吃自助餐。那天，大家聊得很開心，一起的還有謝國鏗、張建寧和陳子駿，已是一年多以前的事了。阿雪不解，為什麼婷婷要公然説謊？

熱狗巴的背叛

雙人病房昨天來了一名病人，她整夜痛苦呻吟，叫婷婷無法入睡。今天婷婷感到頭昏腦脹，不想説話，午後陽光從窗外灑進色彩單調的病房，是婷婷最喜歡的時光。

開始化療後，婷婷感到腸胃不適和噁心，這是早已知道的副作用。然而，做好心理準備是一回事，面對痛苦是另一回事，時間一點一滴地過去，婷婷只想療程快點完結。慶幸醫藥進步，她沒有大量脱髮，只是感到異常疲累，整天躺着不想下牀。

瑪利安煮了她平日愛喝的蓮藕綠豆湯，但她沒有胃口，勉強喝兩口就放下湯匙，說:「我想睡一會兒，你先回家吧。」

「我坐在這兒陪陪你，待你醒來可以照顧你。」瑪利安來港多年，她的廣東話大有進步。很少菲律賓女傭能認真學好廣東話，她是例外。

「你先回家吧，待在這兒很無聊。」婷婷鼓着腮幫子，道:「如果可以回家，我早就回去了。」

「家裏就只有我一個人，回去更無聊，讓我留下陪陪你吧。」

婷婷不再堅持，她閉上雙眼休息，想到身邊只餘下瑪利安一人，爹親娘親還不及菲傭親。

患病入院的這段日子，爸媽對她熱切關心起來，每天下班後都輪流前來探望。即使父母各自建立了新家庭，他們還是愛她、在乎她，只是大家的感情疏遠了，她不明白為什麼原來的家庭會給拆散。

中六的農曆新年，爸爸邀她到新居吃團年飯。看着爸爸一家三口的溫馨，是她記憶中陌生的畫面。爸爸的繼子九歲，很乖巧地喚她姐姐，但她跟他沒有姐弟情，繼母待她更是客氣。一頓清楚表明主客角色的飯，使婷婷決定以後務要填滿所有節日的時間，不要再到這家「作客」。

中七的農曆新年，媽媽接了婷婷回家吃團年飯，她少有地與繼父見面。繼父比媽媽年輕十年，又長得比實際年齡小，婷婷難以喊他叔叔。

即使愛情不受年齡限制，但她無法接受這樣年輕的繼父。雖然她看出繼父待媽媽無微不至，但她卻不想向好友提及媽媽再婚。她相信媽媽找到幸福畢竟是好事，只是她無法跟他們一起相處而已。

美琪站在病房門邊，瑪利安瞥見她，便向她走去。瑪利安低聲說：「她剛睡了。」

美琪拿出幾本《海賊王》漫畫，說：「給婷婷解悶的。」

瑪利安收下來，說了聲感謝。

美琪看看腕錶，遲疑一下便轉身離開。

要不是美琪多次發信息，才能說服婷婷讓她探病。婷婷說：「淋巴結隨着病情惡化，腋下和頸側的淋巴結腫大了，我的樣子難看死了。」

美琪從這番話裏聽出沮喪感，便說不難看，又說不易察覺，努力地轉移話題。

「下次跟阿恩和阿雪一起來探你。」

「不，我想出院才見她們。我這樣子好嚇人。」

「她們的膽子才沒有那麼小，你怕阿恩有鬼主意嚇壞你吧！」

婷婷笑起來，相信沒有人可以嚇倒阿恩，仍堅持說：「待腫瘤消失後，我自會主動找她們。」

美琪近來常常往醫院跑，但她不喜歡醫院，醫院讓她想起死別，想起爺爺。美琪從小由爺爺照顧，直到他患腦退化症，不得不入住老人院，最後因病在醫院離世。

原本美琪大可坐在一旁等婷婷睡醒，但她最後決定離開。莫先生說過這病有八成患者痊愈，統計數字的痊愈率高，並不代表沒有病人死亡。美琪的內心深處仍憂慮婷婷是無法救治的兩成。

步下醫院的斜路，美琪遠遠看見熟悉的身影迎面走近，他穿上白色汗衫和藍色牛仔褲，還有限量版的運動鞋。美琪停住腳步，心跳在不知不覺之間加速。

男子挽着環保袋，看來是探病的。他遠遠看見一個長髮少女站在那兒。打量一下眼前的女子，只覺她樣子甜美，但肯定不認識，便繼續沿斜路向上走。

美琪當場愣住了，直至男子走遠，她才鬆一口氣。剛才她還以為遇到謝國鏗。國鏗平日都喜歡這種運動型衣着。

賭氣分手後，兩人沒再聯絡，她曾幻想偶遇的畫面，到時究竟要説什麼，抑或裝作看不見。沒料到現實是她呆住了，依照微博的話就是「被雷了」，她的雙腳如被釘在板上，驀然佇立像投注站門外的警察紙版人。

假如那男子是國鏗，他們可會説話？美琪漸漸失望，她心底多希望遇見國鏗，希望他陪伴，聆聽婷婷患病的不安，跟她一起鼓勵婷婷積極面對病情。

婷婷堅持病情保密，寧願獨自承擔一切。美琪多麼希望分擔她的痛苦，卻愛莫能助，心裏期望國鏗在身旁支持她。

雖然在面書 Unfriend 了國鏗，但她還會瀏覽國鏗的面書，看見他的狀態是單身，上載的照片都是書籍封面，沒有生活照。國鏗面書上的朋友不多，他們張貼的文字都是閱讀心得，也有不少意見交流。

美琪在國鏗的面書看到伍丹娜的留言，便連接到她的面書相簿，看到多張她與國鏗的合照。舊照還有陳子駿在其中，他們認識了一段日子。看着這些照片，美琪暗忖，還好大家合照的神態動靜並不親密。

分手以後，美琪才知道那只不過是一場誤會，只要國鏗解釋，她願意和好如初。然而，國鏗不願解釋，她也沒有主動和解。兩人的關係就此僵住了。

國鏗因看到婷婷在面書上載的自助餐合照而大惑

不解，他記得那是阿恩首次發薪水的慶祝會。他平日不會記住朋友的衣着打扮，但那天子駿不小心把咖喱汁液濺到婷婷的白襯衫上，大夥兒哄了很久她才心情好轉。

這明明是一幀舊照，怎麼當作最近的活動展示出來？她最近怎麼了？要不是分手了，他會向美琪查詢婷婷的情況。

不期然想起同一個晚上，美琪每次拿食物都捧了一大盤滿滿的回來，並將吃不完的倒到國鏗碟上，他為此而抗議。

「能夠找到一個願意為你當食物焚化爐的男生，美琪真幸福。」阿恩吃吃地笑。

「將你養成小胖子，就不會再有女孩喜歡你。」

大家不禁起鬨，子駿説：「早説了女生真夠狠的。用養豬的方法來保障自己，殺退情敵！」

美琪馬上向子駿還擊，大家吵吵嚷嚷地過了一個愉快的晚上。

想到這裏，國鏗笑起來。

那場誤會發生後，他多次想跟美琪解釋，但最近太多煩惱事，還是待問題解決了，再約她詳談。想不到美琪在面書 Unfriend 了他，心裏難免沮喪，幸好他可以透過其他人的面書看到她的近況。

國鏗思前想後，決定發短訊給婷婷：「被子駿的咖喱汁弄髒的白襯衫，現在洗淨了嗎？子駿出門幾個月了。」

他沒有直接寫婷婷用舊照片，卻收到回覆：「舊衣服，有着美好回憶。」

「這張照片是我拍的吧？」

「忘記了。」

國鏗感到婷婷沒有説真話，無意談下去。

婷婷躺在病牀上等候國鏗回應，但等不到。同房的病人不住咳嗽，永不休止的咳聲，她想必很辛苦了。婷婷住在貴價的雙人病房，到頭來仍是失眠，她決定轉回大房，為父母省點錢。

升上大學後，婷婷對世情了解多了，她知道父母到了「三個五」的階段，三個五是五十歲上下，月薪五萬上下，學歷中五上下，憑經驗坐上中層管理位置。這階段最易被裁，因為公司可以用一半價錢，聘請年輕一半，薪金少一半，學歷高一倍的人取代「三個五」。婷婷不願再花父母的錢，他們都要儲錢退休的。

讀書會主席朱喜華通知會員下次開會的時間和地點，選在「熱狗巴」總站附近，會員可以乘「熱狗巴」前往。他更可以在散會後，一起乘搭「熱狗巴」，親睹「熱狗巴」在 2012 年 5 月完成歷史任務，在香港全線退役。

都是熱狗巴惹的禍，上次聚會地點一樣，國鏗在車站等巴士前往參加讀書會。

國鏗不時乘搭巴士，雖然「熱狗巴」的車費較冷氣巴便宜，但他不會為了節省車資而苦候「熱狗巴」，反正他不是巴士迷。他習慣等車時，先來「熱狗巴」就上；要是冷氣巴先到，他一樣會乘的。

一輛「熱狗巴」到站，他在巴士下層看見伍丹娜，她是同系的師妹，兩人曾在讀書會碰面，自然坐在一起了。

這天氣溫接近攝氏三十度，丹娜穿背心短褲，非常清爽涼快。

「很久沒有乘坐『熱狗巴』了，如果不是去讀書會，又等不到冷氣巴，相信到它退役都不會乘坐。」

國鏗拿出手帕抹汗，說：「今天天氣為什麼這麼悶熱？是我們過慣了舒適生活，不適應欠缺空調的車廂，還是因為全球氣候急劇變暖？」

「全球氣候都受溫室效應影響，城市內空調大開，當然熱啊。」

「對，我們由澳洲的天空發現臭氧層穿洞說起吧！」國鏗模仿朱喜華主持讀書的語氣，煞有介事地說。

丹娜笑說：「我家附近還有『熱狗巴』路線，從小習慣乘『熱狗巴』，並不感到特別熱。小時候乘坐的巴士都沒有冷氣，我喜歡坐在較涼快的窗邊，可以吹風看風景。」

國鏗笑起來，他從未跟丹娜單獨傾談，想不到她這麼健談，也不介意讓別人知道出身基層。現在有不少大學生家境清貧，即使借錢消費也要追求一身潮物。國鏗覺得讀書會的成員比較單純樸實，熱切追求知識，也會積極認識社會文化，從不盲目追求物質。

「聽說熱狗巴在 5 月 9 日會停駛，你會掛念熱狗巴嗎？」國鏗問。

「才不，我不是巴士迷，我哥才是，他計劃跟朋友合資在『熱狗巴』車身上賣廣告，作為送別，到那天他們會乘搭熱狗巴，歡送它駛進歷史。」

國鏗正要說話，聽到附近有人吵架。一個大叔坐在附近吃漢堡包和薯條，把幾條薯條撒在地上，站在大叔身前的男人露出厭惡的表情，說：「大叔，巴士內是不准飲食的。」

大叔以普通話問：「你說什麼？」

「大叔，巴士內不准飲食。」男人改用普通話說一遍，但說得很差勁，只是將廣東話讀歪一點。

大叔笑他：「說什麼？」

男人身旁的女人用普通話加入勸道：「請你不要在車內進食。」

「我吃我的，你們別多管閒事！」大叔面露不屑。

女人用字正腔圓的普通話說：「說你們是蝗蟲，真沒錯！蝗蟲沒有文化、不守規則，大剌剌地入侵香港了！」

大叔氣得漲紅了臉，破口大罵：「啥是蝗蟲，你敢罵老子蝗蟲！你們這些王八蛋！」

那位男人用廣東話腔的普通話勸道：「別吵了，我們只是議事論事。」

原本是一件小事，大叔演繹成香港人批評內地人不守法、歧視和侮辱，大罵香港人無禮貌，不應干涉他人。女人指責內地人不守規則，惡人先告狀，雙方不斷爭吵，吵得面紅耳赤。

車子快將到站，國鏗跟丹娜一起下車。

沒料到有乘客將這件事拍下來，放上YouTube，經過廣泛流傳，深化了國內遊客被看成「蝗蟲」的爭論，這片段更成為城中焦點。

在片段裏還有一段小細節，就是拍得國鏗和丹娜並排而坐，中途一起下車。朋友將網址傳送給美琪，不約而同地暗示她要提防「小三」。一位惟恐天下不亂的面書朋友更寫道，「小三」總是比較溫柔甜美，穿得更「清涼」，美琪未看短片已燃起妒火。

短片主角是吵架的三人，但在美琪眼中，卻只見國鏗和丹娜坐在附近的雙人座，即使鏡頭前的三人各不相讓，國鏗跟丹娜卻是談笑風生，神情愉快。美琪還留意到，他們準備下車的時候，丹娜腳步不穩，差點跌在國鏗身上。國鏗伸手扶住她的腰，這一幕，足叫美琪雙眼冒火。

看罷短片，美琪打電話給國鏗，要求解釋。

國鏗説是一場偶遇，他跟丹娜並不相熟。

「你怎會跟她那麼親近，不知情的人都以為你們是情侶！」

「怎麼會呢？我不過是坐在她的隔鄰，你乘搭巴士的時候，都會跟陌生人同坐吧，一男一女並排而坐就叫情侶嗎？」

「怎麼不會呢？你可有喜歡丹娜，你說，她是否比我好看？」

「這件事只用一句話就可以交代完，我們偶然碰見，還要解釋什麼？」

「你別想輕輕帶過，你幹嗎不解釋？」

「我已經解釋清楚了。」國鏗心中有氣，他認為美琪才不講道理。

「你不愛我！」美琪提高聲調，斷然道。

「你怎會變得這樣蠻不講理，為什麼最近老是找話題吵架呢？」

自從入讀新聞系，美琪經常跟國鏗聊及時事新聞，但他們總是持相反的意見，為沒有切身關係的事情爭論起來。

「我一直都是這樣的，你以前沒有認識伍丹娜，才沒有嫌棄我吧。你以前不會為外傭爭取居港權生氣，你以前更不會談蝗蟲……」

近日謝家發生許多事，爸爸結交女友，弟弟非常反感，説要回美國生活。國鏗煩極了，美琪不但無法分憂，還在鬧脾氣，他心裏歎氣：「我們現在都不夠冷靜，遲點再説好了。」

「你現在嫌我煩了。」

「我不是這個意思。」

「你的語氣就是嫌棄我。」

「我不是，我只是覺得大家需要冷靜一下，我再給你電話好嗎？」

「什麼是『冷靜』？你是想説分手吧？」美琪以為一提分手，國鏗自會讓步，他一向慣了遷就她。

國鏗一怔，想不到美琪為了捕風捉影的小事鬧分手，他沒有回答，右手握緊着手機，一股怒火正待爆發出來。

美琪還繼續道：「好，你要我們分手就分手吧！」

電話震動一下，國鏗看見弟弟國鏘的信息：「爸爸入院了！」

「家裏有事，我們遲點再説好了。」國鏗拋下一句話，未待美琪回答，隨即掛線。

美琪沒料到國鏗會掛線的，這算什麼？以後不要再見謝國鏗，決定以後不要再見他，以後不要再見他……想到這兒，驀然，她已淚流滿臉。

美琪在面書上公布回復單身。

即使表面做得決絕，實際上，她仍在等候國鏗的來電。美琪重看了短片無數次，早已知道國鏗沒有説謊，那些畫面都是巧合，只要國鏗好好解釋他和丹娜的關係，她會即時原諒他。

手機響起，美琪連忙接聽，電話傳來熟悉的聲音，氣急敗壞地説：「婷婷怎會……怎會病呢？」

「噢，小敏，你看到我的電郵了？」

「嗯……怎可能呢？婷婷向來健康，她跟我們差不多年紀，怎會有癌病？」

「我看過很多資訊，才知淋巴癌多數見於年輕女性。」

「我在學期完結就回來度假，有新消息要通知我。」

「婷婷不願同學和朋友知道，只是你見她上載了一年前的照片，讓人以為她剛去吃自助餐，我很擔心她，因此才寫電郵給你。因為你在美國，不會突然到醫院探望婷婷。」美琪語氣沉重地說：「守祕密的壓力很大，我想有人分擔。」

「國鏗怎會不願意跟你分擔？我還未及問你，你和他怎麼了？你們分別在面書回復單身，好端端的幹嗎分手啊？」

「別說他了，我不想再見他！」

「好，我不追問了，我只是很擔心你們。你想說的時候，隨時找我傾談好了。」

「謝謝你，小敏。」

「記得中三那年，老師誤會國鏗偷了李灝泉的錢，國鏗明明是清白的，但他沒有為自己辯護嗎？他的性格就是這樣……我想說，他不懂得表達自己。」

「你知道我們第一次為什麼吵架嗎？就是為了政府在施政報告中宣布向市民派發六千元。」美琪滔滔不絕地說：「國鏗說六千元其實不算多，但至少可以減輕生活開支壓力，市民花費可以輕鬆點，去玩也少一點顧慮。政府派錢方案雖只有短期作用，但總比注資強積金好。」

小敏爽快地回應：「他說得不錯啊！」

「但是，六千元不過是一個短視的措施，政府根本沒有就社會民生的需要對症下藥，也無法幫助低收入人士解決長遠困難。雖然派錢對未投身社會工作的大專生來說，可多一點零用錢，但我更希望看見對香港長遠有益的政策。」美琪說得咬牙切齒。

「哈哈……嗯，我不想笑的，但你們真的很可愛，這些事有什麼好爭論呢？」

「你這話是偏幫他，說國鏗有道理！」

「嗯，你也有道理。」

「小敏，你在美國學了模棱兩可嗎？作為男朋友，他竟然不認同我啊。」

「美琪，你是否小題大做了點？」

即使透過電話，美琪都感到小敏在皺眉似的，她每次認真說話的時候，總是一副嚴肅的表情。多年的美式學術訓練讓小敏習慣從不同角度思考。

美琪認為一切都是國鏗的錯，說：「我很生氣，沒有理會他，國鏗才跟我道歉，認同了我的觀點。」

小敏一聽就知國鏗並非認為自己的觀點錯誤，只為了愛美琪才讓步，小敏想勸美琪，但分隔兩地多年，她感到美琪變了，也許大家隨着成長都在改變，不能像以前那樣直話直說，於是她對規勸美琪變得遲疑起來。

「小敏，你在聽我說話嗎？」

「我想，國鏗是愛你的，你們何必為小事吵架呢？試想一想，謠傳今年是世界末日，如果這是真的，你還要跟他吵嗎？」

「不是我跟他吵，是他跟我吵，你知道我們第二次吵架的原因嗎？就是為了雙非孕婦來港產子的問題，我的看法是有根有據的，做足街頭採訪和資料蒐集，但國鏗竟然不認同我呀！」

「哈哈……你們變了小學雞嗎？事無大小都要爭

鬧一番！」小敏大笑起來，忍不住輕責美琪。

「我不跟你説了。你在美國讀書，怎會知道『小學雞』這種港式俚語？」

「人在異地，特別想家，不時看香港的討論區。一些人罵人『蝗蟲』，一些人『反蝗蟲』，罵來罵去，不明白大家為什麼要吵架，到底有什麼意義呢？美琪，我們由中一開始認識國鏗，你我都懂他的個性，他是好男生，要珍惜啊！」

「他就是太好了，所以有人來搶！我見他跟大學師妹一起，她叫伍丹娜，網上的人稱她為年輕版陳慧琳。」

「你也是我們中學的校花啊，你是大頭陳慧琳啊。」

「你是肥版佘詩曼，簡稱肥蛇！」

「我才不是！肥蛇是你剛剛創作出來的。但你的大頭早已聞名。你初中玩體操的時候，大頭那麼重，到底是怎樣做空翻的動作呢？看你最近放在面書的照片多胖，一胖臉就闊，變成 Pizza 面 Kelly！」

美琪大笑起來，她的臉根本不像薄餅，能跟熟落的朋友互相取笑而不生氣，這樣閒聊真好。安靜下來，美琪說：「你上 YouTube 看『熱狗巴大叔』，就會見到國鏗跟丹娜。」

「好吧，我會上網看的。現在要上課了，遲些再聊。」

美琪補充一句：「作為好朋友，你看過就會站在我這邊，替我數落他。」

掛線後，美琪想起媽媽說上世紀的長途電話費非常昂貴，大家像急口令似的說話，說上三分鐘已覺浪費金錢。當年的 Long D（Long Distance，相隔兩地的戀情）難有好結果，美琪媽媽的初戀情人到外國讀書後，沒多久就在長途電話講分手，說了不夠一分鐘就掛線。

現在的長途電話費便宜，撥電話回港的通話費跟在美國境內通話的差不多，即使有其他網上通訊的方法，美琪還是喜歡在電話談。雖然有面書，但小敏上載的圖文很少，因她喜歡面對面接觸，美琪覺得她是怪人。

美琪重讀國鏗給她的手機信息，他從來不說甜言蜜語，總是一個哈哈笑圖案加一句叮嚀：「早點睡，明天要考試了。」

「剛看到中國女子體操隊的新聞，想起你玩平衡木的模樣。那時候，我等子駿練習完一起回家，其實是為了偷看你練習。」

「天文台說明天有冷鋒，記得多穿衣服呀！」

「如果我們也有特首選舉權，你會選豬，還是狼呢？真為我們的城市擔心。」

「國鏘要去美國讀 MBA，爸爸答應了。我知道家裏沒有這筆錢。」

看到這條信息，美琪想起國鏗很少提及自己的煩惱，無論是學業還是家事，他總是報喜不報憂，略去不如意事。到美國普通大學唸書連食宿動輒都要數萬美元一年，讀 MBA 就更貴了。謝家近年的經濟環境當然比破產期間好，但還未有條件讓兒子出國讀書。國鏗為了節省金錢，不願申請大學宿舍。美琪覺得這對雙生兒一個太揮霍，一個太節儉了。美琪看見一個信息，是子駿休學一年到歐洲流浪前，給她發的告別信息。

近年網上有免費招待背包客的住宿戶主，讓年輕人到外國體驗生活，進行文化交流，背包客要花的錢也不算多。子駿要遊走多國，沒有帶電話，只是偶爾到網吧發電郵報平安。既然子駿不在香港，作為國鏗女朋友的她，更應充當他的好朋友，為他分擔，但她卻經常為了瑣事跟他爭拗，她開始感到自己有問題。即使沒有「染上」公主病，也不是一個好女友。

美琪想致電國鏗，但害怕遭到冷待，也擺不下面子。她發現自己開始沉迷於網上追蹤，不斷查看國鏗和丹娜的面書，可是國鏗已很少上網了。

放棄是另一種追尋

阿恩收到美琪的短訊時，正在夜店跟新同事飲酒聊天，她沒唸完大學便到金融公司上班，公餘時間，她主要跟同事流連蘭桂芳夜店。

阿恩看到短訊，立刻拿着手提電話走到洗手間，在嘈吵的夜店內，洗手間算是最靜的地方。阿恩有時感到話不投機，會離開人羣躲到洗手間透透氣。她按美琪的信息，去看婷婷的面書頁面，看見那張自助餐的照片，竟有恍如隔世之感。

一年多前，當看到銀行戶口轉賬的薪金紀錄時，她便滿足地笑起來。她感到自由了，自己有賺錢能力以後，她準備搬出去住。

整天盯着電視機的母親只管跟她談肥皂劇的劇情。大概是電視節目看多了，她總愛叮囑女兒快點結識男朋友，經常説香港女多男少，大學女生數目比男生多，提醒阿恩在大學也好，職場也好，要趕快找到男友，以免時光飛逝，青春不再，少女變成「剩女」。

阿恩覺得媽媽瘋了，她才剛到有投票權的年紀，怎可能有這「恐慌」呢？也許，並非媽媽有問題，而是整個社會瘋了，壞心眼的傳媒人愈來愈多，電視節目不再娛樂，只在製造分化和恐慌，建構錯誤的價值觀。連精神科醫生都忍不住證實焦慮的女性求診個案激增，批評電視節目上所謂的「人生導師」。

阿恩決定做自己的人生導師，她宣布休學的時候，父母跟她大吵起來，他們沒有機會上大學，認為女兒應該珍惜機會。好歹她也是宋家惟一的大學生。阿恩天資聰穎，記憶力極佳，從小就是名列前茅的高材生，但她思想獨立，事事都有主見，父母卻覺得她很反叛，老師覺得她很自我，能明白她的同學不多。當她在公開試考獲優異成績，有條件選讀許多熱門學系，她卻選上了冷門的哲學系。

透過有系統的學術思考和分析，阿恩學會思考人為何而活，思考「我是誰」，辨別真實與虛構，而她最想知道的是如何可以活得快樂。

然而，在她還沒有想到答案以前，她便決定休學，她不喜歡學校，不喜歡大部分教授，也不喜歡大部分同學。

大學學生可以為教授和講師評分，部分學生只喜歡容易得分的學科，並不是真心追求學問。有些同學上課遲到早退，更在課室裏吃早餐。教授笑說同學的牛腩麪看來很美味，下次替他買一碗上課一起吃。那同學答好呀。教授無奈一笑，繼續上課，對遲到早退、睡覺、上網和飲食的學生視若無睹。

太多同學根本對哲學沒有興趣，不過成績欠佳，別無選擇，抱哲學系這個救生圈，混過幾年大學課程，連一句通順句子都説不到，中英文水平皆差勁，用潮語形容就是「腦殘」。

阿恩讀了一年左右便停學，在股票行找到一份客戶服務主任的工作，在中環的甲級寫字樓上班，她輕易考到經紀牌照，工作發展如魚得水，很快升為客戶服務經理。因為職稱膨脹，所謂客戶服務經理即是股票經紀；正如公司有幾個職銜是董事，其實只是經理。

公司鼓勵經紀開戶口買賣股票，可比客戶少付一半佣金。阿恩擅長數字遊戲，很快便掌握這個遊戲的玩法。她為客戶落盤之餘，自己用數千元作了一些投資。

香港的金融體系有漏洞，經常成為全球大鱷的提款機。她知道小股民最易成為大鱷點心，投資很易變成賭博。阿恩花了許多時間學習股票買賣，她認為比哲學容易掌握。她在這方面並不盲從，除了熟讀上市公司資料，也會認真分析證券經紀在財經節目中的言論。無論股市升跌，她在每個月都能為自己穩賺一份「薪金」，經歷過幾次升跌以後，她的資本也翻了幾倍。

每次投資的賺蝕有確實數字證明，而哲學永遠是思考辯證，活在金融城市的哲學家可能會餓死。阿恩想不通一些哲學問題，反而輕易就掌握了投資訣竅，加上投身社會，擺脱了學生身分的羈絆，她感到自由多了。

香港股市受內地和外圍因素影響，回歸那年，阿恩剛上小學，恒生指數最高見 16,820 點，市面一片繁華，人人魚翅撈飯。阿恩的爸爸跟同事合資買股票也有斬獲，父母常常帶她外出吃飯，還給她買了許多漂亮的衣服。

阿恩讀中一的 2003 年，香港經歷沙士疫情，全球股市狂瀉。阿恩清楚記得人山人海的銅鑼灣變得如何冷清，食肆水靜鵝飛。那一年，恒生指數低見 8,332 點，比回歸年跌了超過一半。

那時父母很少談論股票，也不再留意財經消息，母親整天播放她當年的流行金曲，不願離開心中的黃金歲月。阿恩聽説同學謝國鏗的父親破產，她相信或多或少與全球金融海嘯有關。

2007 年阿恩是會考生，新聞報道說這個富豪預測股市會升穿 35,000 點，那個富豪預測股市會升穿 40,000 點，特首說香港金融業足以養活一千萬人，集體都在一種虛榮與恐懼中，設法確立國際金融中心的優勢，許多人都像患上了繁榮妄想症。那一年，全球經濟穩定，香港在低息帶動下，樓價與股價齊飛，恒生指數升到歷史高位的 31,958 點。

2008 年美國爆發次按風暴，當地容許沒有能力買樓的人，不用付首期買樓，起初在職人士都可以多次申請按揭，只要付出律師費和經紀費就能做業主，後來連失業漢都可以申請。當樓價下跌時，許多業主沒有能力供款，物業租不出去，銀行只好收回物業，不少人露宿街頭或乾脆住在汽車內。表面富裕的第一大國，金融體制存在着巨大漏洞，經濟增長背後隱憂重重。由美國大跌市開始，全球金融危機一觸即發，恒生指數低見 10,676 點。

2011 年，阿恩決定放棄學位，投身工作。她記得剛上班不久，恒生指數升至 24,989 點，美國實行量化寬鬆政策，狂印美鈔挽救經濟。投資銀行高層賣毒債令全球金融業受創，由專業投資者到散戶都在參與自己不明白的投資方式，如雷曼債券。推出這些投資方式的人根本在騙人，不少投資者損失慘重，但沒有人因行騙遭刑事檢控。美國政府出手挽救危機以後，他們繼續領取巨額花紅，香港股市表面上又向上攀升了。

2012 年，阿恩更曉得投資賺錢了，她瞄準歐債危機，早在高位沽清股票，等候低位入市。

喜歡希臘神話的阿恩，明白悲劇英雄明知盡一切努力都無法改變宿命，但他們依然勇往直前，力挽狂瀾。希臘曾是人類的文明起源，沒料到數千年後的今日，國家面臨破產，失業率高企，觸發全歐洲的金融危機。然而，現實裏，根本沒有神話。

阿恩見過不少股民在投資失利，欠債纍纍，叫她更確信這不過是一場富人的遊戲。不過，阿恩依然喜歡這份職業，她可以運用精密的頭腦賺錢，很快建立起經濟基礎，自己租屋。她渴望獨立生活，擁有個人空間。

新居地點是商業區附近的舊區，一個千多呎的單位變成四間劏房，阿恩租住的算是大單位了，約三百呎的小房間連獨立廁所浴室，租金已用去她收入的一半。

中國人的四大發明是粥粉麪飯，香港人的四大發明恐怕是劏房、籠屋、僭建物業和佔用公地。

獨自生活後，阿恩依然不快樂，再沒有心情寫日記了。記得以前她在日記上寫自己是流落地球的外星人，不屬於這兒，希望有人帶她離開，就算是外星人也不介意。

她日漸認清了自己不過是平凡的地球人。當她從媒體上看見九歲入讀大學的天才男孩，她想他應該不快樂。在九歲男孩的訪問中，他說自己跟幼稚園的朋友仍有聯繫。待他十四歲碩士畢業時，他卻說不需要朋友。

阿恩沒有與小學同學保持聯繫，連僅餘幾個中學好友都漸行漸遠了。

阿雪在面書張貼的學校活動，都是文藝講座和與講者的合照等，阿恩感到大學生活確實無聊，沒有驚喜。校園跟股市的變幻莫測分別很大，阿恩可以預計阿雪當教師的生活，但不能預計恆生指數的高低。

國鏗在面書上載讀書會活動，他們討論卡爾維諾的《看不見的城市》，阿恩早就讀過這本書，只是認為閱讀是個人活動，不喜歡花時間討論。然而，她想知道如果書中的旅行家馬可波羅來到香港，他怎樣看這個浮華城市？

浮華的城市高舉消費主義，人們只看見自我而不管他人的需要。阿恩的面書每天都遭朋友洗版，太多自拍照，太多禮物照、食物照、旅行照，美琪是其中一人，有着明顯的炫耀傾向。她還記得因腳傷不能參加學界體操比賽的美琪，那時會説勝固欣然敗亦喜，沒料到她變了，開始在乎面書上朋友的 Like。

只有小敏跟她一樣很少上面書，原先對面書興致勃勃的她也被太多的資訊洗版，因而感到厭倦吧。小敏當日開戶口是為了方便聯絡朋友，現在卻不勤於上載自己的資料，也不更新生活照片。

阿恩打算儲錢到外國遊學，報一些短期課程，享受異地生活。不知她夢想成真的時候，小敏完成了學業沒有。

看見婷婷上載的自助餐照片，阿恩思考良久。她撥電話給婷婷，婷婷很快接聽。

阿恩問：「最近怎樣？又去食自助餐嗎？」

婷婷猶豫一會，說：「我不過用了一幀舊照片，幹嗎人人都來問我？」

「我第一次發薪請吃飯，城中盛事啊，當然記得。最近有空嗎？很久不見了……」阿恩覺得朋友都變了，但又渴望跟她們一聚。說到底，她根本沒多少朋友，只有面書上千位朋友，以及公司同事。

「我……」婷婷不知怎樣說下去。

「你病了？」阿恩問。她猜想婷婷生病而不想人知道，才在面書假裝健康活躍。

婷婷想不到阿恩如此直接，一時說不出話來。

「你在哪兒？我明天下班來探望你。」

「不用了，我不説，就是不想麻煩你們。」

「我們認識多年，你竟然將生病看作麻煩，你可有當過我們是朋友？」

「我現在很醜怪，不願見人，你不要來，好不好？」説完，婷婷便立刻掛斷電話。

阿恩手握手機，呆了好一會。

她致電阿雪，問：「可會阻礙你？」

「別傻了，你隨時給我電話都不阻礙我的，幹嗎這樣説話？」

「嗯，我習慣致電客人，通常先問一句才入正題的。」

「張建寧也是這樣。你們出來做事以後，説話都變客套了。」

「他怎樣？」

「上個月，他創下了公司的最高營業額，連續幾個月的 Top Sales 了。」

「想不到我和他最後都做了經紀。」阿恩笑説。

「香港已經變成為『自由行』而設的大商場，每個人都在推銷產品，高舉消費，我們的城市還有什麼選擇呢？」阿雪慨歎道。

「你在做什麼？」

「沒什麼，看書而已，剛剛開始看《才情與玄理》。」

「啊，牟宗三的。」

「你看過嗎？」

「我唸哲學的，當然讀過。」

「阿恩，你這麼聰明，不讀書真是浪費。難得考上大學，為何不拿個學位才工作呢？」

「別這樣長氣好不好？張美雪。最近可有見過婷婷？」

「差不多半年沒見面了，我們都沒怎樣聯絡過，不過在面書上見她生活還是挺愉快的。」

看得出，阿雪不願談婷婷的病情，阿恩正想掛線。阿雪問：「我想問一件事，關於男朋友的，你有空聊聊嗎？我的朋友中，你戀愛經驗最豐富了。」

阿恩自我調侃道：「那又如何，我現在已經變成獨居剩女了。」

「你嫌棄他們罷了。」阿雪頓了一頓，說：「我想問，假如你發現跟他一起的時候，不過是在尋找跟爸爸相處的感覺，你會怎辦？」

阿恩即時明白張建寧跟阿雪的關係，沉默思考了好一會，說：「我會跟他分手，不過，我怎麼辦並不重要，重要的是你想怎辦。」

「你要先跟我哲學思辯嗎？你聽了不要取笑我，也不要讓人知道啊。」阿雪在腦海組織用詞，說：「我很喜歡他牽着我手上街的感覺，他長得高大，我跟他一起上街，好像小時候跟爸爸上街似的，那是我已經忘記的事情。張建寧讓我重拾跟爸爸一起的感覺，這好像不是愛情，但我又不想失去他。我是否精神有問題呢？」

「戀父情意結啊！這是很普遍的，據說有些男孩喜愛母親，長大後娶的妻子跟母親近似。有些男人喜歡兒時的保姆，長大後會娶近似的女性。我看過查理斯王子保姆的照片，跟他現任妻子長得極似了！威廉王子的妻子外形也像他的保姆。至於女性，不少人的另一半長得像她的父親啊！」阿恩認真地回答。

「我覺得跟他很難溝通，我想到處看看這個世界，但他只想安定下來，他想像將來的家庭有我，但我無法想像將來的家庭有他，我甚至不思念他，我是否太自私了？把他視為爸爸那樣給我無條件的愛，任由他愛我，而我卻不想為他付出，甚至不願意跟他計劃未來……」

「嗯，我不懂回答了，如果我精通愛情這門學科，現在就不必變成剩女了。」

「剩女是最差的詞語，這個世界不會剩下你的。」

「你連説笑都這麼認真，張建寧怎樣忍受你的？」阿恩笑説：「嗯，你繼續看書好了，我要洗澡睡覺，明天要上班啊。」

「等等，阿恩，幹嗎今天忽然提起婷婷？」

「沒什麼，很久沒有跟你們聯絡而已。」

「星期日出來吃飯好嗎？我們一年沒見了，我們可是住在同一城市啊。」

「你約大家好了，給我時間地點，我會現身的。」

掛線後，阿雪用手機給大家發信息，通知相聚的時間，但沒有人回覆。

投票寒武紀

人生有兩個階段的成長特別明顯，一是嬰兒期的發育，一是青春期，實際的歲數因人而異。

每個人一生都有一年的變化最大，好的變化如結婚生子，壞的變化如生離死別，每個人都有最難忘的一年。

對張美雪來説，她永遠不會忘記 1997 年。從宏觀角度看，這一年香港回歸祖國。從微觀角度看，六歲的阿雪要面對爸爸離世，生活逆轉，幸福的童年一下子結束了。

不知是心理保護機制還是遲熟，阿雪對五歲前的生活記憶模糊，她上學以後，自然知道最後一任港督是彭定康，他喜歡到小店舖喝涼茶、吃蛋撻，看見小孩就抱。不過，阿雪不曾碰上港督，小時候，也沒有洋人抱過她。

她讀小學的時候，特區首長是董建華，阿雪只是住在舊區公屋的小學生，她的世界只有患腎病的母親，別無依靠，她一直想母親病情好轉。

經過沙士肆虐和二十三條立法以後，讀中一的阿雪由對新聞了無興趣到開始留意政治新聞，但生活忙碌，她沒有細心閱讀每日的報章。

中六那年，特首曾蔭權種種施政失誤，好大喜功，把時間與精神放在掩飾缺點上，犧牲市民利益。他公開表明親疏有別，只要夠票，不必理會公眾意願。他只像個毫無自信的小職員，再起用一大堆小職員，哪像個領袖？阿雪像許多市民一樣，忿忿不平。

那時候，媽媽早已換腎，雖然一輩子要服抗排斥藥，藥物副作用也多，如增加患糖尿病、高血壓和骨質疏鬆症風險。但她堅持每早晨散步，健康開始穩定，可以做兼職補習工作，阿雪看着媽媽開始好起來，漸漸不用牽掛。

會考後，想起中一投稿用的筆名方溫仔，阿雪決定重拾寫作的興趣，繼續投稿到報章雜誌。以方溫仔做筆名終究不太好看，她便改用方雪寧，不經意地借用了張建寧的名字。方雪寧的文章不時見報，還賺取了不錯的稿費。

然而，阿雪從來沒有跟任何人提及投稿一事，包括媽媽和男友，沒有人知道她是方雪寧，她下筆更為大膽辛辣，諷刺時弊，一針見血，不時得到讀者的讚賞。

來到大二這年，阿雪打算寫一篇關於普選的文章。她先在網站重看舊日新聞，才知道香港人早在上世紀八十年代，已經爭取「八八普選」，當香港人爭取 1988 年普選議員的時候，阿雪和她的朋友都未出生。

2012 年，他們年過二十一歲了，早已是登記選民，可惜香港仍未落實雙普選。

阿雪一直留意傳媒戲稱為豬狼之戰的特首選舉，未來五年的特首，對七百萬人來非常重要，但只由一千二百人選出來，阿雪對現實感到失望。

民間團體推行全民投票，雖然不能影響結果，但可讓市民表達意見；阿雪打算上網投白票，不過，網站未能如常運作，她只好乘車到大學的投票站投票。

她沒想過那麼多人排隊投下沒有用的一票，她走到龍尾的時候，手機響起，傳來張建寧的聲音：「你在哪裏，我來接你吃晚飯。」

「我在大學票站排隊投票，你趕快來吧！」

「投票有用嗎？再多票也影響不了結果。反正誰做特首都跟我們無關，那是阿爺選的。」

「香港是我們的，我們要珍惜機會，表達自己的意見啊！」

「那你先排吧，我把手頭上的工作做完就過來接你。今晚吃西班牙菜，好嗎？」

「你不投票嗎？」

「你投票也是一樣的。」

「那麼，你想投給哪一個嗎？」

「投給狼吧，狼説加快興建公屋，我們可以揀個大單位，生五個小孩。」張建寧笑説。

阿雪沒有回答，他再説：「嗯，你投票給龍豬，你喜歡飲紅酒啊。」

阿雪沉默起來，她認為這是嚴肅的公民責任，但在張建寧卻演繹成娛樂新聞，想到的只是自己。

「不説了，我在忙，待會見吧。」張建寧知道阿雪沉默的意思，那是不同意，但無意反駁他而已。

阿雪前面的男生轉過身來，露出一絲驚喜。

「張美雪，你來投票嗎？」男生説。

阿雪雙眼放光，頓時漲紅了臉。眼前的男生五官輪廓跟中四時分別不大，仍是那樣文質彬彬。阿雪開口道：「程卓民，怎麼會在這兒？」

「明知故問，在這兒等投票啊！沒想到能在這兒碰到你。」程卓民喜上眉梢，認真打量她，説：「你長大了，依然漂亮。」

「你是到外國讀書太久，中文差了，用字太誇張，我哪裏漂亮？」

「你這樣説，只想我否認誇張，繼續誇讚而已，我不會中計的。對，你不算漂亮，只是沒有中學時那麼醜吧！」

阿雪笑起來，多年不見，程卓民説話風趣多了，問他：「你唸完書了嗎？」

「不，我回來做研究課題的資料搜集。」

「你讀醫學院吧！」

「起初讀醫學院，後來發現對政治更感興趣……其實，我怕血。」程卓民補充道：「我現在修讀政治，專門研究非洲獨裁統治國家的局勢。」

「你父母容許你放棄醫科，轉讀冷門的政治系嗎？」

「爸爸媽媽是醫生，他們當然希望我讀醫，但他們很開明，明白讀書選科不能勉強。」

「這次會逗留多久，我剛巧約舊同學一聚，你在香港的話，可以一起來啊！大家都很想見你。」

「好啊，我最近夢見國鏗和子駿在課室追逐，很想和他們一聚。」

「不過子駿到歐洲流浪一年，我也是在面書才知道的，你為什麼不 Add 大家？」

「我沒有玩面書。」

「恐龍啊，連面書都不玩，你還活在侏羅紀嗎？」

「我活在白堊紀，比侏羅紀還早。哈哈，說實在，我想專心讀書和研究，不想花時間在其他事上。」

「嗯，你這次來觀察模擬投票，還是親身參與呢？你打算投票給一號、二號還是三號？」

「投票應該保密的，不過，這是模擬投票，不能當真，我就告訴你我打算投白票吧！」

「這次原是虛構的投票，如果香港在 1988 年已經有普選，我們現在就可以一人一票選特首。告訴你，我也是來投白票的。」

程卓民笑起來，問：「香港的父母以為世上只有這兩科，你讀醫學院還是法律系呢？你的成績好，進這兩個系都沒有難度吧？」

「我讀中文系，希望做個好老師，還要是非常漂亮的好老師。」阿雪模仿程卓民的語氣，誇張地說。

「你的妄想症好嚴重，就憑你做到非常漂亮的好老師？」程卓民以更浮誇的語氣，朗聲的說。

「你現在說話的語氣好像張建寧，以前不覺得你愛說笑啊。」阿雪回復平日的聲線說。

「我似張建寧……」程卓民不解地問：「我只記得他長得高大，跟他做了四年同學，不知說過十句話沒有，你怎會將我和他聯想起來呢？」

阿雪想說張建寧是她的男朋友，但說不出口，低頭一笑，說：「快到我們了，雖然多人，但效率好快。」

「可能人人投白票，不花時間。」程卓民說。

程卓民投票後，輪到阿雪走進票站。兩人同步離開時，張建寧正鐵青着臉站在那兒，他遠遠看見阿雪跟男生有說有笑，已經大感不悅，待他發現是程卓民，更不高興，他們看來是那麼的相襯。

程卓民認得張建寧，先是一怔，隨即想到原因。

阿雪沒由來的不安起來，連忙介紹：「你認得張建寧吧，他是我的男朋友。」

程卓民想保持禮貌的微笑，卻辦不到。腦海沒由來的想到如果沒有移民，阿雪身旁的人應該是自己。他猜到他們在交往，只是想不到親耳聽到阿雪說出來，胸口好像被人重擊似的。

阿雪站在程卓民和張建寧之間，她應該走近張建寧，但她沒有，只是站在原地。

「你們怎會一起的？」張建寧寒聲問。

「寒武紀呀！」程卓民笑說。

阿雪知道寒武紀在侏羅紀和白堊紀之前，明白他用來形容張建寧的冷然，連聲線也予人冰冷的感覺，忍不住笑起來。

張建寧不明白他們為什麼會笑，覺得「寒武紀」三字是他們之間的祕密，他感到遭程卓民排拒於外。

張建寧覺得心痛，他害怕失去阿雪，連忙一百八十度的改變表情，微笑着走近阿雪，摟着她的肩膊，向程卓民示威，好讓他知難而退。

「我們剛剛在票站遇上，他排在我前面，聽到我傾電話的聲音，我們就這樣相認了。」阿雪跟張建寧解釋，同時稍稍站遠一步，避開與張建寧親近。

「我放假回來，沒想到會在這裏遇見阿雪，她說快有舊同學聚會，如果時間許可，我一定出席。」程卓民將手機放在阿雪手上，說：「你按下自己的電話號碼，這樣，我們就可以保持聯絡。」

「你要走了嗎？難得碰面，我們一起吃晚飯吧！」阿雪說。

「我要回家交人……」程卓民刻意停頓，看見阿雪和張建寧緊張的神情，才說：「給媽媽，媽媽約了我吃晚飯呀。」

張建寧掀起嘴角道：「好呀，我們再約吧。」

程卓民說轉身離開後，阿雪仍怔怔地站在原地，她對自己的反應感到意外；當程卓民提及要回家的時候，還誤以為他約了女朋友，心裏很不舒服，好像不願意知道他已經有另一半。程卓民說出真相，阿雪立時鬆了一口氣，有種難以解釋的愉快感覺。她凝望着程卓民的背影，若有所思。

「我們走吧！」張建寧説。阿雪沒有反應，他再説一遍，她回過神來：「嗯，嗯。」

「餓了沒有？我問了兩次，你沒有聽見嗎？」張建寧刻意問另一句，等待阿雪回應。

「嗯，有點餓了。」

「你聽到我之前問你嗎？」

若阿雪如實回答，張建寧會不高興的。他常説向醫生推銷藥物時，不少醫生會敷衍他，他最討厭人假裝聆聽。

阿雪無意叫男友不快，更不願説謊，只好説：「我們往哪兒吃飯，我真的餓了。」

張建寧一早説過吃西班牙菜，但見阿雪重遇程卓民的失魂落魄，不想爭拗，只在暗地裏生氣，他覺得程卓民不應回來的。

讀書的時候，他羨慕程卓民成績優異，生於中產家庭，父母是專業人士，老師和同學都喜歡他，他好像永遠站在舞台中央。

張建寧在屋邨長大，父親做酒樓部長，母親原本做知客，後來做全職主婦。讀書的時候，他成績一般，長相一般，又不像陳子駿那樣能言善道。除了身形高大，便一無是處，所以，他最喜歡上體育課，走在球場上，才讓他找到一點自信。

中一派位讓他進到名校讀書，但他知道自己跟其他同學站在不同的起跑線上，未開跑已經吃虧。他沒有遠大夢想，只想建立自己的家庭，努力賺錢才能讓他的心踏實起來。

坐在餐廳的時候，阿雪的臉孔出奇地溫柔，還充滿笑意。

張建寧逗她道：「遇上開心事嗎？你今天心情很好吧？」

阿雪摸了摸臉龐，反問：「我有笑嗎？沒有吧？」

張建寧的心跌進冰窖似的，他知道這種感覺，就像與阿雪首次上街回家，父母不斷問他為何在笑，而他並不感到自己在笑，只是有一種不出的喜悅。他知道是程卓民惹的禍。

張建寧提醒自己保持大方，別讓阿雪感到他不高興，他要阿雪的腦海只有他，笑說：「我今天做成了一宗大生意，這個月又做到 Top Sales 了。」

「是嗎？」阿雪輕輕回應。

「你知道我多麼幸運呀，我原本約李醫生的，聽說他的父母早已移民加拿大，而爸爸突然中風，他要回去加國。幸好替班的陳醫生肯見我，讓我跟他談新藥，他有興趣聽我說，幫我買來在他的診所用。待李醫生外遊回港後，我再約他，說不定可以再開單！」張建寧一口氣說，發現阿雪並沒有專心聆聽，問：「你可知道我在說什麼？」

「你說李醫生去加拿大探病，陳醫生向你訂貨，你會再約李醫生的。」阿雪溫和地重覆。

張建寧放鬆起來，他知道阿雪還是關心他的，說：「看，我的工作表現這麼好，很快就能建立自己的事業。我們不如先註冊，申請公屋，你哪時想結婚就結婚吧！」

「我們都有地方住，不必急於申請公屋。」

「現在連八十後都無法置業，我們九十後更難了！」張建寧激動地說：「你有沒有看網上瘋傳的地產廣告，廣告寫四百萬的單位是窮人恩物，我連做窮人的資格都沒有，怎可能拿出三成首期呢？」

「那就不要強求了，租屋住不成嗎？」

「你在象牙塔生活，可以在文學世界不吃人間煙火，但你應該知民間疾苦的。香港有地產霸權，地產商操控樓市，人人為樓房煩惱，租屋要面對租金不斷上漲，怎能儲錢養小孩呢？阿雪，為了我們的未來，及早申請公屋是最好的方法了；我的同事都已申請，我的已經超出了個人申請的入息上限，但你現在未有收入，我們結婚就萬事都好了。」

這話題很令人煩厭，阿雪無意再跟他爭論，輕輕說：「既然社會制度並不合理，我們應該爭取改變，並非為個人享用政府福利而沉默。」

「你想說我貪政府福利嗎？我們三代為香港拚死拚活，祖父母領生果金，真的只夠買生果。外祖父死後，花錢買長生位都花了好幾萬，外祖母做了幾十年工廠女工，一樣無法儲錢，只能用綜援抵銷老人院的費用，入住最差的老人院。爸爸工作的酒樓突然結業，拖欠的薪金和遣散費無法領回，他們要去申請破產管理基金。爸爸沒有退休保障，長期不找到工作，幾十歲還要做散工，政府不是虧待我們嗎？我現在申請公屋，不過是取回應有的福利。」張建寧氣憤難平地說。

阿雪不曾見他滿腔怒火的樣子，想他工作辛苦，一個人要供養父母和祖父母，太大壓力了吧。她輕握他的手，以說笑的語氣說：「你說得對，但不用說得青筋暴現啊！」

張建寧笑起來，柔聲說：「沒有露出青筋吧，我說話那麼斯文。」

「對，你是全宇宙說話最斯文的頂級推銷員，任何事情經你說出來都有道理。」

「那麼，我們立刻就申請公屋吧！」張建寧反手緊握阿雪的手。

阿雪裝作要撥頭髮，抽出自己的手，若無其事似的說：「今日排隊半天，有點累了，我們走吧。」

張建寧埋單，跟阿雪並肩離開的時候，不經意地問：「你們剛才說寒武紀是什麼意思嗎？」

「不過是普通笑話，你不用理會的。」

「我想知道，你解釋給我聽吧！」

「說出來就不再好笑了。」

張建寧驀然感到憤怒，「寒武紀」三字就令他變成外人，他忽然停下腳步，大聲說：「你不能說給我聽嗎？」

阿雪一怔，附近的路人稍稍望向他們，又各自走了。她輕輕地歎氣說：「程卓民說他沒有面書戶口，我以侏羅紀恐龍來形容他，他說自己是白堊紀。然後見你一臉寒霜的出現，他想形容你來自寒武紀。其實，這些都沒有意義，背後沒有明喻和隱喻，只是隨口說笑。」

聽罷，張建寧依舊氣難平，阿雪從來沒有跟他這樣開玩笑，沒有給他暱稱，甚至保持中學生那樣連名帶姓地稱呼他。不過，他知道自己要在阿雪面前表現大方，只好回應：「哈，他很風趣！」

阿雪熟悉張建寧的笑聲，知道他仍在生氣，主動挽他的手，默默前行。

張建寧覺得有種溫暖的感覺由阿雪的手心傳來，兩人一起走路，他希望這段路永遠走不完。

久別與重逢

記得第一晚住大房時，婷婷鄰牀的婆婆半夜危殆，要即時急救，很多人在病房團團轉，婷婷一夜無眠。這夜，她沒有一點睡意，看着一個自殺獲救的少女送了進來。少女醒來後不斷在病房尖叫，那些尖聲的吵嚷叫人難以入睡，但大部分病人沒有反應，躺在牀上裝睡。

世界很荒謬，病重的人有的千方百計要活下去，有的卻放棄生存的希望，從少女斷斷續續叫喊的話中，婷婷猜出她是因病厭世。

二十一歲的婷婷也渴望愛情，她原本想跟丘俊傑開始交往，只是他們有緣無分。

轉到雙人房後，婷婷的房友換了兩個，她們大多住一兩晚便回家，不像她堅持留在醫院完成化療。那個整晚咳嗽的病人出院了，新來的沉靜如海，即使躺在鄰牀，婷婷也感覺不到她存在。

瑪利安給她送粥，並帶來一封信。婷婷看見信封就知道是張叔叔，這年頭，只有身處陝西山區的張叔叔會親手寫信給她。

婷婷：

你們近況如何？大學的功課忙嗎？

很想告訴你一個好消息，我當爸爸了！寶寶重五斤（內地用斤作單位，跟香港用的磅和公斤不同的），哭聲嘹亮，我們非常感恩。

近年內地變化很大，人在大時代下總是渺小的。小紅一直想要孩子，起初我沒有信心能當個好爸爸。將孩子帶到這個世界，我們可以給他良好的成長環境、理想的教育嗎？

還是小紅心眼雪亮，她說鳥兒不種也不收，上帝依然眷顧，我們何必為未來擔憂呢？看着小紅由懷孕到生子，我感到世界一點點地變美好了，我也希望盡一己之力，為下一代營造更美好的成長環境。

婷婷，你選修新聞系很有意義，我們需要正義敢言、堅持認識真相的一代守護社會，叔叔以你為榮。

我們決定為孩子改名默生，張默生，既是我喜歡的外國作家的中文譯名，也是對他的期望，希望在適當的時候懂得沉默，適當的時候懂得發聲。

當感到無法掌握人生時，我總在心裏默念愛默生(Ralph Waldo Emerson)的一段話，這段話給了我許多勇氣。現在寫下來，希望同樣給你力量：

「凡事只曉得仰賴別人的人，永遠是人生的失敗者，最後只會毀了自己。縱使宇宙間充滿好東西，不努力的話，你什麼也得不到。你的內在力量是獨一無二的，只有你知道能做什麼，但是，除非你實踐出來，否則，連你也不知道自己真的能夠做到。」

張叔叔

「張叔叔添了兒子，名為張默生。」婷婷喜滋滋地說。

瑪利安欣慰地笑起來，遞給婷婷一碗粥，說:「你快點出院，身體好了就可以去探望寶寶呀。」

婷婷低頭吃粥，下意識地伸手撫摸右頸凸出的腫瘤。

病房靜默如海，不像有三個人在房內。鄰牀的病人睡了，瑪利安默默地看着婷婷進食。

「婷婷！」「婷婷！」「婷婷！」

仿如一陣清風，輕喊婷婷的聲音傳來，婷婷抬起頭，看見美琪、阿恩、小敏、阿雪、張建寧、謝國鏗和多年不見的程卓民，不禁呆住了。

美琪輕快走近，幫婷婷在頸上繫上彩色絲巾，剛好遮掩了非常顯眼的淋巴結。

婷婷這才留意美琪、阿恩、小敏和阿雪頸上都有不同色彩的絲巾，讓她的異常變成正常。細看之下，只見小敏用白色絲巾，想起她自稱是白色安哥拉貓。阿恩在中四時要做紫色家貓，她將頸上的淺紫色絲巾繫成蝴蝶結，像一隻靈動的蝴蝶伏在她肩上。阿雪用天藍色絲巾，將春夏間的藍色天空帶進室內，她原是藍色長毛貓。美琪做黃色摺耳貓，繫上柔和的鵝黃色絲巾。婷婷記得自己是粉紅色為食貓，因此她的絲巾是粉紅色的。

「彩虹五貓又在一起了，這些絲巾真好看。」婷婷說。

「當然，它們是我挑選的啊。」小敏自信滿滿地說。

美琪走上前說：「婷婷，對不起，我沒有徵求你的同意，就帶大家來探望你，但我沒有跟他們說你的病情，噢，除了小敏，她知道後即時訂機票回來，我知道，疾病是私隱，你願意說才跟大家說吧！」

國鏗說：「你別怪責她，好朋友不一定要言聽計從，卡夫卡要求好友將他的書稿燒毀，幸好他們沒有執行，我們才可以看到這些經典著作。」

「你為了維護美琪，咒詛我快死要立遺囑嗎？」婷婷笑說。

美琪連忙說：「國鏗是書呆子，不懂說話，只懂得去讀書會結識漂亮的小師妹。」

婷婷打量着國鏗和美琪，問：「你們不鬥氣嗎？」

「我跟公主道歉了。」國鏗說。

「那是我先致電王子的。你們別以為我有公主病，我真是沒有，我還是以前的簡美琪呀！」

「中三的簡美琪可以在平衡木跳來跳去，你現在的體重……恐怕會壓斷平衡木。」張建寧說。

大家笑起來，婷婷連忙制止，示意同房病人在睡覺，她站起來，木無表情地說：「我去花園走走，你們繼續吧！」

他們看着同房的病友離去。女孩樣子清秀，走動靈活，不像有病的。小敏問：「她有跟你聊天嗎？」

「我沒有跟她聊病情。」婷婷轉而問程卓民：「你跟小敏相約回來嗎？」

程卓民笑說：「我在波士頓讀書，她在紐約，距離比柴灣和粉嶺更遠。我們在美國不曾碰面，這次是美琪和阿雪約我們出來的。」

大家閒聊大學生活，張建寧感到格格不入，同樣離開了校園的阿恩也留意到，笑說：「現在的教育制度改變了，你們知道史丹福大學有免費課程嗎？」

程卓民早已知道，但沒回答，阿恩續道：「史丹福大學首個互聯網免費課程是人工智能，世界各地的人都可以報讀，一共有十六萬人報名，能夠完成課程，交齊功課的，還可以得到證書一張。」

「如果可以讀史丹福就好了。」國鏗一臉羡慕。

「你現在都可以報讀，免費的。」阿恩說：「大學教育應是培養獨立思考的人才，而非為排名而競爭的，聽說名校的免費課程陸續有來。」

「在我們父母的年代，香港只有兩間大學，能考上去的都是天之驕子。現在有八間大學，精英教育變成普及教育了。」阿雪說。

「我有報讀史丹福的免費課程，還有證書了。」程卓民悄聲說。

阿雪瞪大眼睛，問：「你不是主修政治，研究非洲國家嗎？」

「我對人工智能有興趣，課餘報讀這個課程，讓我的時間過得更充實。」

「專心停留在侏羅紀。」阿雪說。

程卓民更正：「白堊紀呀。」

兩人的談笑儼然活在二人世界，渾然不覺身邊的朋友到這兒是探病。張建寧乾笑兩聲說：「別忘了，我是寒武紀。」

國鏗跟美琪對望一眼，一時不懂回應。

小敏洞悉了異樣，胡說道：「我是銀河戰士吧！」

看見婷婷大笑起來，瑪利安安心地替她收拾東西，說：「我先回家了，你們要我買東西上來嗎？」

「不用了。」婷婷說，「謝謝你，瑪利安。」

瑪利安離開後，美琪走到婷婷身旁，握住她的手問：「可以跟我們說你的病嗎？」

婷婷點點頭，說：「我患的是霍奇金淋巴瘤，簡稱 HL。」

「現在的病名那麼似人名呢？」小敏問。

「這病是 Thomas Hodgkin 在 1832 年研究和記

錄的，以前譯做何杰金病，後來改譯霍奇金。」

「啊，Hodgkin 來到中國以後，就由何先生改姓為霍了。」程卓民帶笑說。

「對啊，聽來好像有個朋友叫金哥似的。」張建寧繼續用病名說笑。

婷婷笑起來，說：「我起初憎恨這個病，住院多時，漸漸習慣了跟金哥交朋友。因為這個病，我也得到一個學習假期，就是『霍先生假期』吧。」

大家見婷婷言談間流露積極的態度，不禁鬆一口氣。

美琪上前抱住婷婷。

小敏鼓勵地說：「假期是短暫的，看來很快要回復正常了。」

婷婷點頭，道：「一定！誰想到人人有絲巾？」

美琪說：「阿雪想出來的，她以為你接受電療會大量脫髮，建議我們全部剪短頭髮陪你，再用絲巾包頭。不過，我上網看過了，淋巴癌的化療不會掉頭髮的，所以，我改為用絲巾配襯衣服。」

婷婷望向阿雪問：「你們真的捨得剪短髮嗎？」

「頭髮很快會長的，有什麼捨不得？為了你，我們樂意剪髮，其他的未必辦得到了。」

「我沒見過阿雪剪短髮。」程卓民有點好奇地說。

張建寧隨即說：「阿雪不會剪短髮，我喜歡長髮的她。長髮的造型配婚紗最好看。」

大家感到愕然，張建寧的回應是風馬牛不相及的。阿雪更呆了一會，她否定的話，會令張建寧尷尬，不當場否定就會令人誤會，只好說：「張建寧說笑而已，我還在讀書，未有打算穿婚紗。」

程卓民感到有一刻害怕，原來轉眼間，阿雪跟他只有舊同學的關係。他在心裏想着，中四的時候放棄跟阿雪開始，在美國多年，女孩子來了又去，他的心始終無法安定，這一刻，他明白自己從來沒有忘記阿雪。

「我向她求婚許多遍，因為讀書，她還一直沒有答應我。」張建寧無奈地攤開雙手。

阿恩笑問：「我支持阿雪，幹嗎急於結婚？趕在龍年生小孩嗎？」

美琪會意地點頭說：「對啊，娛樂版整天說龍 B，今時今日怎麼還仍然迷信生肖？」

「早些註冊結婚，便可以早日申請公屋。」

「你們有興趣申請獎學金來波士頓讀書嗎？我可以幫你們留意的。近年的大學鬧窮，一邊多收大陸華人學生賺學費，一邊以獎學金吸引精英，維持學術水平。」程卓民對娛樂新聞和公屋不感興趣，另開話題。

美琪對出國進修興趣不大，婷婷但願如常上學，沒有想到那麼遙遠，阿恩想遊學，與程卓民談的進修是兩回事，國鏗當然要留守香港，大家沒有反應，只有阿雪眼前一亮，說：「好啊，我有興趣，你教我怎樣申請吧！」

「我再跟你電郵聯絡。」程卓民說。

婷婷坐在牀上，靜靜聽他們說話。大家原本來探病的，主角應是婷婷，但閒聊一會，主角又變成阿雪，婷婷再次隱形了，她陷入了深思。

以前的婷婷會介意被忽略，經過這次重病，她不再理會在眾人之間的位置，反正在她的人生裏面，她永遠是主角。

如果生命是 1，死亡是 0，1 之後擁有的才有意義。這場病讓她感到在 0.5 至 0.8 徘徊，沒有健康，給她再多東西都不會有意義，她要的只是健康，回到 1，她自然是生命的主角。以前會為別人比自己聰明或漂亮而不高興，現在不會了。

婷婷記得住在大房的時候，有個病人剛做了乳癌的切除手術，公立醫院幫病人安裝義乳，但病人拒絕，她說健康就可以，她不需要整形手術。

婷婷想起本地媒體整天只聚焦於女藝人的身材，娛樂圈都有整容和整形的風氣，到底這城市的人想追求什麼呢？她也自省為何仍介意病容，心裏彷彿明白了什麼。

「婷婷，你呆呆的在想什麼？」美琪問。

「沒什麼，我好高興你把大家帶來探望我，我是開心的。」

「你快點出院，我請大家到我家吃飯，到時再拍一張合照，又可以上載面書了。」小敏說。

「你請吃飯的時候，我可能回了波士頓。」程卓民說：「你們來波士頓的話，不妨約我吃龍蝦，我請客。」

「嗯，陳子駿回來沒有？你的弟弟謝國鏘呢？」婷婷問。

國鏗先歎一口氣說：「國鏘始終不喜歡香港生活，他是美國籍的，想回美國讀 MBA，但現在美國經濟那麼差，失業率極高，我和爸爸都不放心他一個人回去。」

「我給他電郵，如果他來美國，我們可以互相照應。」程卓民說。

「他要留在紐約吧，那兒的生活指數極高，我勸他先在香港找工作，待美國經濟好轉才回紐約碰機會。」小敏說。

「他怎會聽人勸告？」國鏗說：「爸爸最近胃潰瘍入院，國鏘在醫院也跟爸爸吵起來。」

美琪聽到後，立刻後悔先前為小事跟國鏗冷戰，她緊握國鏗的手問：「世伯出院了沒有？」

國鏗點頭，說：「國鏘也訂了去紐約的機票，他要自立，自己找尋機會。」

「我的美國同學十多歲就獨立，自己搬出去住了，國鏘跟我們的年紀差不多，快將大學畢業，你們放手，讓他一試身手吧！」程卓民說。

「我遲一點都想到外國遊學，到巴黎索邦大學聽課、去紐約大學見識戲劇系，或到巴塞隆那學跳費蘭明高，要是我來到你們所在的國家，可以相約一起喝杯啤酒。」阿恩說。

「你知道子駿在哪兒嗎？」小敏問國鏗。

國鏗搖搖頭說：「不知道，只是偶然收到他的明信片，上次收到的明信片來自希臘。」

「希臘自身難保，子駿還去打擾人？」張建寧笑說。

「陳子駿是當背包客。」程卓民說。

「都是菜園村的事，」國鏗解釋說：「政府要建高鐵，強拆菜園村，迫令所有居民搬家，子駿本想去湊熱鬧，以為幫助村民，怎料自此改變了他一些想法。」

「我在網上看到有班八十後幫菜園村居民保衛家園，子駿這九十後又去湊熱鬧，他去説笑娛賓吧！」婷婷説。

「連陳師奶起初都看扁子駿三分鐘熱度，沒料到他堅持全程，日日去菜園村，跟村民成為朋友。他對社會發展與保育、經濟與民生、農業和商業一大堆課題都開始涉獵思考；還指出政府的做法不合理，施政上很有問題。」國鏗説。

「對，我認為最不合理的是申請公屋的入息上限太低，這樣入息的人，就算住公屋都很難在香港生存。」張建寧説。

「我們怎能改變政府？」小敏説。

「子駿參加菜園村守護運動以後，經常看社運書籍，然後向學校申請休學一年到世界各地看看，他説要用雙腳實踐自己的人生。」國鏗説。

「我還記得他要送家傳之寶給大家，讓人以為是玉墜，誰知他説是自己的肉嘴，我們冷不防看見他嘟起嘴，我們立刻慌忙逃跑，真是心血少一點都被他嚇死！」阿恩笑説。

「不像子駿會説的話。」阿雪有點驚訝。

「子駿變了，他給我寫的明信片都是談當地民生，以前他只會説笑逗女生開心。」國鏗補充。

阿恩以前覺得男同學喜歡的玩意幼稚，不夠成熟。踏足社會工作以後，才知有智慧的人是深藏不露的，不要輕易判斷別人。

「嗯，你們記得張叔叔嗎？我剛收到他的信，他當爸爸了。」婷婷將信件給大家傳閱。

「婷婷，快點痊愈，我們一起慶祝去。」美琪説。

護士進房，要跟婷婷準備療程，他們只好離開。

一行七人經過醫院花園時，美琪看見婷婷的同房病人，主動跟她打招呼。

女孩輕柔一笑，點頭示意。

「她有什麼病？看來很健康呀！」張建寧不小心

吐出一句。

幸好病人沒聽見，阿恩回答説：「有些病是可見的，有些病是不可見的。正如有些傷口是明顯的，有些傷口是隱藏的。」

大家靜了下來，張建寧又鬧出了新的笑話，眾人有説有笑地離開，婷婷的同房女孩看見他們的快樂，想起青春飛揚的日子是那麼接近，又是那麼遙遠。

世界末日

謝國鏗和謝國鏘是外表極相像的雙生兄弟，聽說雙生兒有着微妙的心靈感應，但國鏗對弟弟的想法總是摸不着頭腦。

自從父親結識年輕而俗艷的內地女友後，國鏘經常為小事跟他爭執，直指父親被人蒙騙。

國鏗明白弟弟的感受，同時理解父親的寂寞，他希望父親快樂，卻怕他人財兩失。也許傳媒慣常報憂不報喜，內地女子欺騙香港人的新聞不少，大部分發生在老夫少妻的中港婚姻組合，他無法相信父親這段情會有美好結局。

早陣子，國鏘偷了父親的提款卡和密碼，將父親銀行戶口的錢提光，存入自己的戶口，以免他被人騙光金錢。

謝先生知道後激動不已，問他追回。

國鏘滿不在乎地説：「花光了。」

「你不還給我，別怪我做爸爸的無情，我要報警。」

「與其被女人騙了，不如給我騙去。」國鏘並不認為自己有錯，反駁道。

「你……你怎會變得那麼壞……」謝先生左邊胸口翳悶，説不下去，國鏗連忙召喚救護車。

父親入院後，國鏘跟國鏗説：「我將錢存入新的戶口，這是提款卡和密碼。那個女人離開後，你代我還給爸爸吧。我兼職儲了點錢，加上剛領了媽媽給我的少許遺產，我打算回美國碰運氣。」

國鏗連忙制止：「我們難得一家聚首，幹嗎要走呢？」

「我始終覺得美國的生活才適合我。」

「奧巴馬為失業率高企頭痛，我們是黃皮膚的，何必再去爭機會呢？我寧願你去上海和北京發展。」

國鏘笑起來，說：「你忘了我在紐約長大嗎？我想回紐約生活，近年在面書找回不少中小學同學，我可以生活得很好，你不用擔心我。」

「爸爸年紀大了，他需要你在身邊。」

「他有女朋友，又有你陪他。」

「你永遠是他的兒子。」

「我不想說爸爸的不是，總之，我想回美國，不費你們分文，我可以先工作，再讀書，甚至不讀書也成，反正我有學位了。」

「你可以答應我，永遠不會跟我們斷絕來往嗎？」

「別婆媽，我起碼會像子駿那樣，不時給你寄張明信片吧！」

國鏗拍拍弟弟的肩膊，表示同意。

現在的城市人是流動的，機票便宜，他自我安慰道隨時可以到紐約探望弟弟。

「你不急於離開吧？」

「爸爸出院後，我才訂機票。」國鏘說，但他不願到醫院探望父親，只有國鏗前往探病。

謝先生有一條心血管阻塞，要做手術，他致電女友，電話錄音表示那個電話號碼沒有登記。

國鏗探望父親，希望他別為國鏘動氣，說：「弟弟沒有動用你的錢，他存到另一個銀行戶口而已。」

「我太信任人，生意拍檔騙我、妻子騙我、朋友騙我、女友騙我，想不到連兒子都騙我。」

國鏗的手機響起，在醫院不宜接聽，他關上手機。

「國鏘為你好，他不是存心騙你的。」

「你知道有什麼事情最令人難過嗎？」

國鏗搖搖頭，謝先生說：「就是跟兒子吵架，然後發現兒子才是對的。」

國鏗連忙堆起笑臉，說：「一家人怎會說誰對誰錯，爸，你知道我們愛你。」

「如果今年真是世界末日就好了。」

「爸，別胡思亂想。」

離開醫院的時候，國鏗瞥見美琪給他的數段留言，他沒有心情細看，手機再響起，傳來美琪愉快的聲音說：「國鏗，爸爸在公司的大抽獎得安慰獎，有兩張日資酒店自助餐券，爸爸說送給我們啊。」

「很好。」國鏗冷淡回應。

「你不高興嗎？日本三一一地震以後，我們光顧日資機構，也可間接幫助他們振興經濟啊。」

「我回家再給你電話，好嗎？」

「國鏗，你有心事嗎？你不願跟我談心事，我怎算是你的女朋友？」

「我⋯⋯」

「你回家給我電話吧。」美琪不再勉強國鏗，待他想說的時候找她好了。

國鏗想起子駿，他從小生活無憂，事事順利，參與社會運動以後，漸漸發現世界的不公平。他喜歡讀哲古華拉的《電單車日記》。哲古華拉還是個年輕醫科生時，遊歷了整個拉丁美洲，親眼目睹了無所不在的貧窮、不公平，毅然棄醫，投身游擊革命。他的故事拍成了電影，子駿和國鏗結伴去看。國鏗覺得是一套好看的電影，子駿說那不單是電影，還讓他看見了夢想的熱情，對人的關懷，以及對社會的承擔，他說：「我們有責任改變不公義的社會。」

不久後，國鏗在子駿的汗衫看到哲古華拉，他的肖象成為了反主流文化的象徵，也成為年輕人喜歡的流行文化標誌。港人對他的樣貌並不陌生，但對他的信念卻非常陌生。

子駿決定停學一年到歐洲流浪，他認為到過古代和現代文明的起源國家，才到發展中國家，這樣才能看見制度的差別，文化的組成以及人們最真實的生活，他先外出走走、長了見識，再回到大學，就明白自己要學習什麼。

國鏗羨慕子駿有這份勇氣，他有完整的家庭，有愛護他、思想開明的父母，他擁有國鏗渴望的一切，又表現得那麼不在乎。國鏗想扔下香港的煩惱，拿起背包跟子駿流浪，但他放不下。

他忽然想到剛才爸爸提的末日，正是傳媒爭相報道的 2012 年 12 月 21 日世界末日「預言」，如果真的發生，他到底想怎樣過餘下的日子？跟誰在一起？

國鏗回家後，看見國鏘外出了，他坐在空落落的客廳，想起美琪，便給她發手機信息：「假如今天是世界末日，你想怎樣度過呢？」

美琪從沒想過這回事，只聽說過要將每天視作生命的最後一天，就可以盡力做好每一件事，無愧於心。

她曾經在「蘋果」教主的《賈伯斯傳》讀過這番話：「知道自己即將死亡，是我在面對人生抉擇時，最重要的憑藉。因為幾乎每件事情，包括所有外界的期待、所有的驕傲、對困窘或失敗的恐懼，在面對死亡時，全都消失了，剩下來的才是真正重要的東西。知道自己即將死亡，也是超越得失心這個陷阱的最好方法。既然生不帶來、死不帶去，為什麼不順心而為？」

美琪無法想像生命最後一天要怎過，這番話是賈伯斯確診胰臟癌後，在史丹福大學畢業禮上發表的演講，既是寄語年輕人如何為人生作抉擇，也是自己的一番肺腑之言。

她回覆國鏗：「我想跟你一起乘坐『熱狗巴』，不管目的地在哪裏，只要有你在身邊，我就什麼都不怕了。」

國鏗望向手機，心裏有一份強烈的感動。

「沒有『熱狗巴』了，但我們心裏有時光機可以穿越過去，奔向未來。」國鏗想了想，又打了一句話：「我愛你。」

美琪知道以國鏗的性格來說，要他說出這三個字着實很困難，也知道他確實拿出了很大勇氣。

美琪在面書寫：「假如世界末日到了，我們還有什麼未做呢？」

阿恩在面書看見美琪的留言，想起世界第二位的富豪股神巴菲特在巴郡舉行周年股東大會，公開確診

患上前列腺癌，但八十一歲的他仍未言休，稱患癌只是小事。阿恩將這段新聞傳給婷婷，希望給她一點鼓勵。

巴菲特曾以巨額投資科技股，國際商業機器IBM，但表明不會投資蘋果和Google，雖然它們十年後或會更值錢，但出錯的機會較IBM大，也不會買面書股票。

全球最大社交網絡面書落實招股上市，面書市值將達960億美元。有美國散戶控告面書和包銷商，認為他們的賬目有問題，大戶看的預期盈利跟散戶看的並不一樣。面書上市時急升至四十美元，但很快下跌，股評人估計股值不超過十元。

阿恩慣用面書，但她不會買面書股票。面書改變了整代人的交友形式，全球用戶超過九億，是好是壞未有定論，她發現別人不斷更新動向，怎樣也看不完，曾經沉迷網上世界的她，已受不了網絡世界泛濫的感情，開始刪減面書的朋友。

如果即將世界末日，阿恩想回家陪父母觀賞電視劇，劏房沒有想像中自由，四周的牆太薄、空間太小，還不如家裏的凌亂而愜意。

放工的時候，手機響起，傳來母親的聲音：「阿恩，今晚熬了你最喜歡的清補涼，拿上來給你好嗎？」

「不用了。」

「不會打擾你，我放低就走。」

「不。我今晚想回家吃飯，可以一起飲湯。」

母親開心起來，說：「嗯，我去加菜。」

阿雪收到程卓民的電郵，是報讀波士頓的詳細資料，還附有經驗之談，他自信可以成功協助阿雪申請獎學金。阿雪心花怒放，立刻將個人成績和資料傳給程卓民。

張建寧 WhatsApp：「同事說有間新開的日本料理很不錯，我們明晚去試試吧！」

阿雪不知怎樣回覆時，看見美琪在面書問「假如世界末日到了，我們還有什麼未做呢？」

如果世界末日，阿雪清楚知道她沒有什麼特別的事想做，只要跟媽媽在一起。

張建寧再傳來手機信息：「睡了嗎？怎麼不回覆。」

阿雪不願跟張建寧申請公屋和結婚，無論先後次序如何，也不在乎張建寧說了多少遍。當聽到有機會到波士頓讀碩士，她即時想去。她知道要跟張建寧分手，讓他可以交更適合跟他一起生活的女孩。

應該怎樣提出分手？據說最差的方法是透過電郵或短訊留言，最壞的時間是重要節日，以免悲喜反差太大，對方難以承受。阿雪深知張建寧不會傷害她，但還是不要選太僻靜的地方，想不到分手是這麼困難。

「不喜歡日本料理的話，我們再吃西班牙菜。」讀着張建寧的回覆，阿雪想起他的好，他從不隱瞞自己的缺點，經常逗她開心，對自己節儉，對阿雪慷慨，可惜阿雪無法愛上他。

阿雪直接給他撥電話，說:「明天一起吃牛腩麪，好嗎？」

「不用為我省錢啊，我今個月又是 Top Sales！你是我的女朋友，待你好是應該的。」

「不是替你省錢，只是我很久沒有吃牛腩麪了。記得中六那年，第一次跟我單獨吃午飯，就是光顧學校附近的那間麪店。」

「當然記得，只要跟你在一起，吃什麼都美味。」

「我們見面再談吧。」

張建寧有種古怪的預感，問:「程卓民回美國了嗎？」

「沒有，他在電郵說還要完成一件事，才返回波士頓。」

「你們還有聯絡？」

「我們在電郵討論申請獎學金進修。」阿雪知道他想多了，說:「一場舊同學，我很感激他為我張羅。我想問你，如果世界末日到了，你還關心申請公屋的事嗎？」

「我們可以不申請公屋，不急於結婚的，你想進修就去吧，我在香港努力賺錢供你，我等你回來。」

「你對我真好。」阿雪哽咽。

「我應該對你好的。」張建寧說：「阿雪，如果今年是世界末日，我只想跟你一起。」

要是人生只餘一天，阿雪願意跟張建寧一起，但人生路看來仍然遙遠，她深知與張建寧難以同路。為免影響決定，她輕輕說：「早點睡，明天見。」

掛線後，阿雪拉開抽屜，重讀爸爸的信。每次要作重大決定的時候，例如當年聯校選科，阿雪都會重讀爸爸留下的二十二封信。

信紙已經發黃，紙質脆弱，阿雪像媽媽那樣，將這些信掃描入電腦，即使任何事物都無法永久存在，她仍然希望延長存在的時間。

在這一刻，跟阿雪一樣在讀信的是病榻中的婷婷，她在睡前重讀張叔叔的信，讓她在心情低沉的時

候得着積極的鼓勵。

同房的女子突然發出巨大的呼吸聲，彷彿要用盡全身氣力去吸一口氣，婷婷連忙按鈴召喚醫護人員，護士趕至，再按鈴找醫生，另一護士推着急救車跑入房內。

護士拉上布簾，婷婷知道醫生正為病人急救，一切來得太快，叫人無法思考任何事，婷婷只管眼瞪瞪的望着布簾內的騷動。

她隱約聽到醫生要護士準備強心針，重複多遍的吩咐。不知過了多久，布簾唰一聲的拉開，婷婷看見醫生一臉黯然的走出來，每步路都走得特別沉重，他的背影慢慢離開了病房。

護士在清理針藥等醫療垃圾，婷婷小心翼翼地問：「她怎樣？」

「走了。」護士說。

「不可能啊，看來沒有什麼嚴重的病痛，為什麼？」

「醫生一直找不到病因，要做的檢查都做了，這次難免要解剖研究死因。」

婷婷呆在當場，她知道有些病很難診斷，直至解剖才知死因，只是想不到這樣的事會近在咫尺。

護士問：「我們會通知她的家人前來，你想留在這兒，還是到大堂坐一會呢？或者，可以到會客室坐一會，今晚應該沒人要用的。」

「我去看書好了。」婷婷說。

護士帶她到會客室，那兒有許多印刷品，都是教人如何面對絕症，如何處理親人離世的傷痛。婷婷不想看這些小冊子，她在手機上看面書。

婷婷看見美琪在面書寫：「假如世界末日到了，我們還有什麼未做呢？」

即使不是世界末日，婷婷想到每天都有人離世，他們可有什麼未做呢？

化療療效理想，婷婷是可以痊愈的百分之八十病人，要是她成了難以治療的百分之二十，她又如何面對未來？

婷婷想到她為了朋友而報讀新聞系，但她對社會和世界的好奇心不大，要是沒有明天，這個讀了三年的學位是否太浪費了？

她與同房的女子從未交談，連了解身邊人的好奇心都沒有，將來如何關懷社會呢？

婷婷想起自動放棄了大學學位的阿恩。阿恩從不理會這個世界的標準，不理會別人的評價，她只為自己而活，每一天都是充實的，沒有哲學學位，不代表她不喜歡追求智慧。

婷婷的每一步都依照社會規範而行，她留意大眾的審美標準，一直不滿意自己的外表，若果這刻生命走到盡頭，長得再美又如何？要是今晚就要消失，她還有什麼遺憾？

婷婷鼓起勇氣，給丘俊傑發信息：「最近有想看的電影嗎？可以請我看嗎？」

「可以啊。最近想看一套恐怖電影，你怕不怕？」

「我現在的樣子似女鬼了，還怕什麼？」

「我在妖獸都市長大，見慣妖魔鬼怪。明天我來接你好嗎？」

「我在醫院……」

丘俊傑驀然明白為何突然與她失去了聯絡。但他一時不懂得面對，沒有回覆。

婷婷等了好一會，感到失望。她忽而想起坊間常說九十後都是港孩，沒有責任心，上班半天就不幹，做事沒交代，約會遲到或爽約都是等閒。婷婷不認同這種標籤，但這刻的丘俊傑真有「港孩」味道。婷婷深知，丘俊傑在逃避她，隨時失蹤。

婷婷淒然一笑，如果這是她的末日，起碼她曾勇敢主動聯絡喜歡的人，沒有逃避人生的考驗，她嘗試努力爭取幸福，將不會有遺憾。

護士打開會客室的門，說：「莫婷婷，你可以回去休息了。」

「她的家人都來了？這麼快又走了嗎？」婷婷滿腹疑惑。

「他們說不來了，由我們處理一切，需要辦手續時才會前來。」

婷婷一怔，竟有這種家人！怎可能如此冷漠？

護士像看穿婷婷的想法，溫和地說：「世事無奇不有，我們見怪不怪了。下班回家，我會提醒自己更珍惜跟家人相處的時光。」

婷婷想起自己並不了解同房病人，彼此似乎沒交談過幾句話。靜靜的來，靜靜的走，好像不曾出現。婷婷自覺待人太冷漠，連正常人基本的好奇心與關懷也欠奉。康復後，她決定多關心周遭的人與事。

「也許你今晚難以入睡，需要醫生給你安眠藥嗎？」

「不用了。謝謝。」婷婷說。

「你真有禮貌，很少病人像你這樣乖。」

婷婷沒有聽過人讚她聰明或美麗，但經常聽人讚她乖巧有禮，她知道自己的優點，儘管她的優點並不耀目。

人生總有幾個十年

現在的慈善籌款活動經常邀請捐錢的人上台演出，小敏感到莫名其妙，剛巧看到都會關電視。

小敏最不喜歡的事情，正正是父母最喜歡的。父母剛從慈善晚宴回家，母親將他們在電視演出的片段製成光碟，小敏一看，發現父母的歌藝不錯，起碼比網上流傳的高官走音歌動聽。

回港一段時間，小敏發現母親非常忙碌，每日學習社交舞、插花和唱歌等，還要預留時間去髮型屋和按摩院，由早到晚的時間表安排得密密麻麻；母親常說要隨時保持最佳狀態，女人過了四十歲的美麗是自己負責的。

小敏想起外國有不少慈善活動，「善長」舉辦華麗舞會籌得一百萬美元，舞會及行政開支卻佔了九十五萬，浪費食物一百公斤，最終留下五萬善款給飢民。

剛到美國讀書的時候，同學曾討論慈善的意義，籌到款項又如何呢？由愛爾蘭搖滾樂隊 U2 主音歌手 Bono 創立的慈善機構 ONE，得到許多當紅影星和名人政客支持，2002 年成立時宣稱為扶助世界貧窮，以及治療和預防愛滋病而設，更曾為兔唇兒童籌款施手術，不過，手術費不及籌得善款的百分之一。

《紐約郵報》報道 ONE 在 2008 年一共籌得九千萬英鎊，等於超過十一億港元，當中只有十二萬英鎊分給三間慈善機構，不及該年籌得的善款總額的百分之二。ONE 在全球只有一百二十名僱員，薪金開支已達港幣六億，平均每人年薪五百萬港元，即是任何一個員工的收入都遠遠超出全年做善事的支出。

首富蓋茨曾說行善不比營運企業容易，太多人借行善之名作惡了。四川大地震後，香港人捐款興建校舍，花了二百萬，落成兩年左右，地方官員就以賣地為理由炸毀整座大樓。小敏在網上讀到一篇署名方雪寧的文章，指出國內地方官員貪污嚴重，用二十萬興建校舍，突然拆掉，其餘的捐款袋袋平安。

小敏記得當年籌款，父母和她分別捐了錢，不知有多少善款流入貪官口袋，這樣捐錢能否切實幫助災民？

程太太除去身上的首飾，親自走到睡房放回夾萬。回到客廳時說：「剛才李主席唱歌走音，不過，既然他捐五十萬，大家當然要給點面子。」

程先生還未回答，小敏插口問：「晚宴的食物如何？」

「一般而已，現在的六星級大廚水準參差。」程先生說。

「你們在晚宴可有魚翅，可有吃剩食物呢？」

「小敏，別跟我說美國左翼知識分子那套理論了，我們今晚的目的是籌款，菜單上有魚翅，也有小菜。難道吃魚翅殘忍，吃豬肉就不殘忍嗎？」

「魚翅是奢侈品，豬肉是人類吃了數千年的食物，在食物鏈上有豬，但沒有鯊魚的鰭。」

程先生笑起來，說：「好吧好吧，你不喜歡我們吃魚翅，我們就不吃好了。」

小敏說：「香港人最善心的，哪處有天災都會籌款，你們有監管善款去向嗎？」

「別擔心，我們當然有留意善款去向，真的幫到人呀。」程太太說。

「人們說今年是世界末日，如果末日到了，我們怎辦？」

程先生說：「你別人云亦云，報紙寫過，大家起初以瑪雅人曆法推斷末日論，認為到 2012 年 12 月 21 日就是終結。我一早覺得，如果瑪雅人真夠聰明的話，就不會在世上消失了。考古學家最近找到九世紀的遺址，發現瑪雅人的曆法是終結再開始的，2012 年是他們曆法的第十三個循環，現在找到十九個循環，即是推算了六千七百年歷史啊。」

「爸爸真是博學多才啊！」程太太平日跟女兒稱丈夫為爸爸，她以仰慕的眼光望向他，但覺得夫如此，夫復何求。

「爸爸，你記性真好。」小敏說。

「你別說好話逗爸爸開心了，總之，不管有沒有世界末日，不管你在什麼地方，都別忘了虛心學習，保持獨立思考。不要留學回來，就看爸媽不順眼。」

「我沒有。只是我不明白捐錢的意義而已，為什麼要上台唱歌？」

「嗯，小敏，你不明白的。」程太太說：「爸爸做生意要保持名氣，香港有許多隱形富豪，公眾不會知道他們富有。也有許多不大有錢的富豪，提高名氣大大方便做生意。這叫，嗯……」

「人在江湖，身不由己。」程先生說。

「可要我幫你們將表演放上網，更多人看呢？」小敏不解地說。

「不用了。」程先生說：「需知道我們有知名度的人都是看電視的。電視與網絡有不同的羣眾，放我們的片段上網，只會被網友取笑我們腦殘吧！」

「爸爸懂的潮語比我多啊！」

「當然，現在生意難做，要吃四方飯自然要懂四方話。」

小敏點點，跟父母擁抱一下，說：「很晚了，你們休息吧。」

「星期二晚上，爸爸和我有飯局，不能回來吃飯，我留一部車和司機送你到機場吧！」程太太說。

「不用了，我學會了獨立，可以乘的士出機場的。」

小敏感到成長有不同階段，青春期發育是外形上的成長轉變，但思想開竅才是真正成長的開始，這似乎跟年齡無關。

有些人由生至死都沒有成長，永遠喜歡童年的食物和玩意，只求吃喝玩樂過一輩子，五十歲的思想跟五歲時分別不大。

赤鱲角機場在 1997 落成，陳子駿那年六歲，第一次跟爸媽參加旅行團到台灣。在子駿的童年記憶裏，機場是廣闊而明亮的，來到機場，彷彿就能通往世界。

終於又回到了香港，等候機場巴士時，子駿掏出了超過一年沒有使用的八達通。巴士駛到青馬大橋時，子駿有種踏實的感覺，終於回家了。旅途中，他曾感到疲累，想終止行程，回家睡在熟悉的牀，跟父母一起吃飯。旅途的挑戰跟想家的感覺多次在內心煎熬，現在坐於巴士上層細賞沿途風光，子駿感到說不出的輕鬆愉快。

站在熟悉的家門前，按了門鈴。

媽媽在防盜眼張望，然後開門，兩人對望一段時間，才聽到陳師奶尖叫起來，子駿連忙制止母親大叫：「媽，冷靜一點，鄰居以為我來打劫。」

陳師奶顫聲說：「你弄成這樣子，直是一副賊相。」

「沒有剃鬚和剪髮而已，哪有這樣誇張啊！你要看過身分證才讓我進入嗎？」子駿調皮地說。

陳師奶讓兒子進來，給他一杯暖水：「看，怎麼變得又瘦又黑了？歐洲不是發達國家嗎？」

「整天在戶外曝曬啊，媽，不用擔心，我今晚開始用你的美白面膜，很快變白的。」

「別浪費我的美白面膜啊，你這麼黑，用十斤美白泥都不會變白的。」陳師奶笑說，「你的鬍子長過關公了，先用剪刀剪短吧，來，我幫你。」

子駿走近媽媽，見她拿剪刀的手有點抖顫，笑問：「媽，你可會剪破我的臉？我靠臉孔謀生。」

整整一年不見兒子，陳師奶難免激動，但見兒子活潑如昔，只好笑說：「你靠臉孔討飯的話，一定餓死。」

「媽，你們好嗎？哈，爸爸的香港腳好了沒有？還有，國鏗他們怎樣？」

「我們還不是老樣子。至於國鏗他們，唉，國鏘準備大學畢業後去美國生活，為了這事，謝家吵過好幾次了。國鏗還是老樣子，變化最大的是謝先生，入院做手術後，好像老了許多。」

「媽，你可以順道幫我剪髮嗎？」

「我這技術，只怕害你不敢見朋友，給你二百元到髮型屋剪吧！」

「剪髮用幾十元就夠了，餘下的買叉燒回來加菜，好嗎？」

「這一年的物價升到脫軌，貨品又縮水，你現在回來，還趕得及登記政府派的六千元，遲些登記，還可以多二百元，這利息算是不錯的了。」

「嗯，派錢也是另一種的不公平，無法改變貧富懸殊。」子駿歎氣，說：「唉，政府實在窩囊，以為增加福利就能收買人心。許多歐洲國家的借貸是稅收的十倍以上，即是收十多年稅，都不夠還款。」

「我們這些小市民怎有能力左右政府？我只要一家人齊齊整整、平平安安就可以，這次回來，你不要再去示威抗議，專心讀書吧，爸爸老在叨唸，國鏗比你早一年畢業了。」

子駿沉默起來，半晌道：「媽，謝謝你容許我做自己喜歡的事，很少同學的媽媽會這樣開明，給孩子足夠的自由。」

涙水在陳師奶的眼眶打轉，那是滿心歡喜的眼淚。

養兒育女並不容易，何況子駿總有古靈精怪的想法，陳師奶只有邊做媽媽邊學習。她根本不願兒子去歐洲流浪，但明知無法制止，只好學習放手。

子駿還想重走哲古華拉的拉丁美洲之路，但自知未有足夠勇氣，不如到文明先進的歐洲一年，看看作為工業革命起點的英國、曾醞釀法國大革命的巴黎、倒塌的柏林圍牆。這一年來，他遇過不少好人，也碰過小偷和騙子，一下子視野更遼闊，明白到自身的渺小，想到許多從未思想過的事情。

這一年來陳師奶總是牽腸掛肚，看見意大利古城地震的新聞，便擔心兒子身在當地。即使日本三一一地震，她都怕兒子突然改變行程，去了日本災區。她感到自己神經質，幸好有丈夫安慰陪伴，子駿也不時寄回明信片、發電郵給她報平安。

「媽，如果我下一個目標是去非洲工作一年，你怎想？」子駿説。

陳師奶一不留神，將剪刀掉在地上。

「我説笑的。你想謀殺親兒嗎？」子駿愣住了，「我在旅途想了許多，我很想念你和爸爸。我知道你們需要我，我會好好讀書和工作，讓爸爸早日退休，跟你拍拖旅遊環遊世界。」

子駿主修經濟，在歐洲看見國家盛衰跟經濟民生的關係。哲古華拉傳記提過他在古巴革命成功後，卡斯特羅讓他做財務大臣，但他放棄，選擇繼續協助其他南美國家的游擊隊革命。

在無數孤單的晚上，子駿在陌生城市想起香港，想到如何從自身的革命開始。然而，歷史上的革命總是推翻暴君以後，迎來新的暴君。他在巴黎看過不少法國大革命的遺迹。當日的革命黨把路易十六送上斷頭台，因為皇帝不死，革命並無意義，隨後掀起血腥政治，不少無辜的人被送上斷頭台。

法國人民厭倦殺戮，當拿破崙想做皇帝，讓法國人全民公投表決的時候，大部分選民都支持他恢復帝制。

子駿在繁星密佈的希臘小島想通了，希臘以旅遊業為主，很少人以確實收入報稅，政府收入少，開支大，怎可能不窮。他要改變不公義的社會，先要裝備自己，讀好他所專業的經濟學，在商業社會改革稅制，一樣可以幫助貧苦大眾。

出走一年，踏遍歐洲多國，在不同人家的沙發上借宿，與不同背景，不同文化的年輕人交流，看到別國如何保育歷史建築，不論是小鎮上的教堂、詩人的故居，還是地方傳統的手藝都得到政府額外的保護。他想起香港給拆掉的皇后碼頭、灣仔「囍帖街」，幾乎給拆掉的利東街，心裏不由得生出一份焦慮，在自己生長的城市，他願意付出更多努力去守護的，不只是建築，更是文化與身分。

聽到兒子懂得這樣為父母設想，笑說：「你真是子駿嗎？可會像聊齋故事那樣，由另一個人假扮回來。」

子駿模仿媽媽的語氣說：「唓，怎有人這樣詛咒自己的兒子，我當然是子駿，你的兒子很英俊！」

「好吧，我見你這麼乖，幫你剪髮吧。待我去廚房拿個湯碗，剪齊留海，比八兩金更酷。」

陳師奶不答話，卻打從心裏笑出來，她感到給兒子一年自由，想不到會得到更優秀的兒子，先前的擔驚受怕也是值得的，子駿不再是貪玩的男孩了。

「給國鏗電話，請他和謝先生今晚來吃飯吧！」陳師奶建議道。

國鏗正在上課，沒有接聽電話。子駿用手機發信息：「媽約你和你爸今晚來我家吃飯。」

下課後，國鏗除了讀子駿的信息外，還看到美琪的：「今晚看話劇好嗎？」

國鏗聽到子駿的聲音，一顆心踏實起來，問：「有買手信給我嗎？」

「我這次去流浪啊，一路上都是混吃混喝，睡人家的沙發，乘路上的便車，哪有餘錢購物？」子駿笑說。

「你有的，你不吃飯都會買東西的，你是購物狂啊！」

「城市人過度消費，令全球資源急速消耗……」

「好了好了，我不要手信，你別再說你的綠色理論，今晚來吃飯好了。」

子駿問：「國鏘怎樣？」

「嗯。」

「嗯，即是好嗎？」

「嗯，即是不要問。」

掛線後，國鏗給美琪電話，美琪笑說：「別人都重色輕友，但你是重友輕色。」

「你不算色啊！」

「你說什麼！什麼意思啊！」國鏗笑說，「好吧，是我錯，美琪小公主。」

「這樣說又太肉麻，雖然我真是公主，但你不必掛在嘴邊啊！」

國鏗沒有跟美琪爭辯，想起子駿讀中學時常說「子曰：唯女子與小人難養也」來氣女生，從寄來的明信片看到他已不會這樣說了，改為人人平等，男性霸權不應欺凌女性的，想到這兒，國鏗不禁笑起來。如此吵吵嚷嚷，也是一種幸福。

❦

那夜，阿雪和張建寧在麵店晚膳，張建寧滔滔不絕地說笑，阿雪不斷提他專心吃麵。

兩人在街上閒逛，張建寧說：「我的同事想轉讓二手車，待他把車子送往車行檢驗，證實性能良好的話，我就會買，到時可以接你放學，帶你四處遊車河了。」

「張建寧。」每次談到嚴肅的話題時，阿雪總會連名帶姓的稱呼他。

張建寧猜到阿雪要說什麼，正想設法制止，先說：「怎麼了？我們這樣很好，你不要說啊。」

「你真是很好的男生，但……」

「因為程卓民？」

「不，跟他無關。」

「你不明白男人的心態，程卓民這次回來就是不安好心！」

「相信我，真的跟他無關，我只是無法忍受自己的自私，對不起，我不愛你。」

「怎麼會呢？你不也喜歡我嗎？我們一起很快樂啊！」

阿雪直勾勾地看着她，說，「對不起。」

「幹嗎說對不起，如果不是因為程卓民，是因為我把你逼得太緊了嗎？如果你不想申請公屋就不申請吧，你不急於結婚，我也願意等。」

「你不必這樣遷就我。」

「港女都要人遷就的。」張建寧一時口快，說錯話。

「我不是港女！」阿雪閉上眼睛，安靜了數秒，說：「真的沒有第三者，你也沒有犯錯，只是我認清了自己的想法，不想再彼此耽誤。」

張建寧說不出的心痛，明明深愛阿雪，對感情這樣認真，為什麼會落得這個結局？他討厭這種感覺，想大罵阿雪是港女，長此下去必成剩女，他正想罵出口時，驀然想通了，只要他罵阿雪一句，阿雪就會如釋重負的笑起來，他不要這樣。

「對不起。」阿雪鄭重地說。

「你忘了老師曾說，有句老舊的電影愛情故事對白：愛情不用說對不起。」

「我們可以再做朋友嗎？」

張建寧賭氣地說：「不可以！我有許多朋友，我不用你做我的朋友，你要麼愛我，要麼在我的世界消失，我幹嗎要把你當朋友？」

阿雪驚訝地以為張建寧會像電視和電影描寫的「前度」，仍跟女角做朋友，替她解決問題。想到這點，她再次發現自己的自私，要放手的話，應該完全放手。

「讓我再送你一次回家吧！」

「不用了，我們就在這兒說再見。」

「再見。」張建寧沒有回頭，一直走到人羣中消失。

阿雪在心裏祝願他很快找到一個幸運的女孩，一起申請公屋，結婚生子，快快樂樂地生活下去。

對不少人來説，活下去已是奢望，不敢想像能快快樂樂。婷婷完成療程回家，想起她的「霍先生假期」，見過有人自殺獲救，有人無聲無息地離開世界，有人為病容痛苦，有人拒絕義乳整形，大家想要的都不一樣；但求生始終是生命本能，婷婷不明白為何有人尋死。

淋巴結仍然腫大，化療的副作用也多，在外表上顯露無遺，如果是冬天，婷婷可以穿衣物遮掩，但夏天上街就變得異相，她在停學期間儘量避免外出，留在家裏休息。

婷婷在面書上載離開醫院的照片，寫下留言：「剛剛完成化療療程，只要五年內不復發，就算康復。」

這則圖文竟收到十多個 Like，婷婷啼笑皆非，到底網友 Like 什麼？抑或大家只懂 Like 這 Like 那，除了豎起拇指的符號外，根本不會用文字表達。

面書的留言多得可以洗版，婷婷想到，如果她突然死去，面書的朋友又會洗版式的留下「RIP」和「安息」等文字。她的面書會在世上比她留得更久，一旦放上網絡世界，生生世世都存在。

美琪給她留言：「一定不會復發的，我們一起走以後五年、五年又五年的人生啊！」

婷婷笑起來，想不到收到丘俊傑的手機信息：「一起看電影嗎？」

丘俊傑知道她出院了嗎？還是看過她的面書，還是剛巧想找她？

婷婷想了想，回答：「好的，什麼時候去？」

丘俊傑傳來時間地點，並加上哈哈笑圖案。

要是丘俊傑看見她的病容，仍然樂意跟她交往，她會感到高興。要是看戲後不再聯絡，她也坦然。婷婷微笑起來，開始明白一切並非掌握在自己手裏，只能以輕鬆的心情面對。

共度此燭光

這一次回來香港，程卓民是專程搜集香港回歸後社會發展的資料作研究，沒料到能在投票那天重遇張美雪。分別多時，一眾同學的臉上少了稚氣，添了幾分成熟，也許是經過會考與高考的鍛煉，走到了大學或社會，在自己專業的學科上有所學習，或在工作上找到滿足感，他感到時間將每一個人送上生命的旅途，在特定的時空必須分開，卻又在特定的時候重新連繫。

今天報章的頭版是「珍惜自由，維園悼念」，子駿看到在網上流傳的一篇文章——1989 年北京學生絕食宣言。

「當我們挨着餓時，爸爸媽媽你們不要悲哀；當我們告別生命時，叔叔阿姨們，請不要傷心。我們只有一個希望，那就是讓你們能更好地活着；我們只有一個請求——請你們不要忘記，我們追求的絕不是死亡！因為民主不是幾個人的事情，民主事業也絕不是一代人能夠完成的。」

他把文章貼到微博的頁面，沒幾分鐘就被「河蟹」了。2011 年底，他不在香港之時，電視劇《天與地》在網上掀起熱烈討論。回港後，他在 YouTube 觀看片段，感到這套劇集既是探討人性，也在挖社會的痛處。

劇中女主角有一句經典對白：「和諧不是一百個人在説同一番話，而是一百個人能説出一百句不同的意見，而又互相尊重。」子駿反思良久，他待在歐洲的日子，在異國文化中與不同國家的背包客傾談，他感受到自身在不知不覺間受了社會主流價值的影響，而這種單一的主流價值侵蝕了社會的空間。他想到如果為了達成一致想法，而扼殺了不同的觀點，變得「和諧」而失去真實的觀照，那不過是「河蟹」而已。

子駿不願忘記二十三年前發生過的事，當出走一年後回歸我城，他便立志重新認識自己成長的這片地土，這片曾經是英國殖民百年的小島，這片中國土地上異常特別的小區。他不願沉默，亦不願人云亦云，兩者都會失去獨立的聲音，只有用謙卑的心進入城市，大概才能看到最真實的風景。

黃昏後的天色尚未轉暗，人潮從四面八方湧到鬧市中心的維多利亞公園，人羣中，還有一些是拖着行李箱的內地遊客。

婷婷身穿黑色T恤，用粉紅色絲巾在頸上繫了一個蝴蝶結，掩蓋仍舊顯眼的淋巴結，她與丘俊傑結伴前往燭光集會。

兩人相處的時間多了，丘俊傑喜歡婷婷活潑的一面，也接納她的敏感細膩。婷婷慶幸在適合的時空遇上他，一場病令她成長了，學會珍惜眼前人。

在中央圖書館門口，婷婷跟丘俊傑介紹：「這是我的中學老友，你認識美琪吧，這是阿雪，她是阿恩，還有小敏。」

阿雪用天藍色絲巾束起頭髮，小敏用白色絲巾當腰帶，阿恩將淺紫色絲巾結成小領巾，美琪的鵝黃色絲巾跟婷婷一樣繫在頸上，丘俊傑笑問：「你們的感情很好吧，女生都用同款絲巾。」

「是啊，我們是認識多年的好朋友。」

國鏗、國鏘和子駿三人先後加入。

「看來兩白一黑，像琴鍵啊。」小敏說：「香港人沒有忘記這天，不只是當年的香港人，還有他們的下一代也認識了歷史。」

「堅持愛與公義，自由與民主，是一個城市的希望所在。」美琪把目光放遠，且聽到從對面馬路傳來的音樂，與阿雪並排走路時，問道：「張建寧來嗎？」

「不知道。」阿雪淡淡地說，「我們分手了，我想，他不會關心這些吧。」

「程卓民呢？」

「他在電話表示會來，但我沒有約他。」

「你不約他，我約。」阿恩在身旁聽見，她俏皮地眨動眼睛，撥了一通電話，「喂，你在哪兒？」

「維園。」

「你這麼早便進場了？幹嗎不約我們同去？」

「聽說有一班中學生在維園認識歷史，我想進場看看，與他們聊聊。」

「嗯，差點忘記你讀政治。認識決策階層之餘，你也來認識年輕人的想法嗎？」阿恩說：「我們想跟你坐在一起，不過你應已找到自己的位置，我就不勉強了。」

「知道大家都在同一個地方就好了。」

阿雪點點頭，想起一個公園裏坐着十多萬關心國家，不願忘記歷史的人民，心裏有一份實在的激動。

阿恩覺得阿雪和程卓民是擁有同樣夢想的人，儘管分隔兩地，相信他們最終會走在一起。想着，阿恩不覺快樂地笑了。

阿雪好奇地問：「你幹嗎自顧自地笑？」

「程卓民早已來到足球場，他不過來找我們了。」

大會開始，全場參加者肅立，悼念儀式開始後，司儀説：「1989 年後出生的參加者請舉手。」

一羣 A 班好友全部舉手，坐在球場邊緣的阿雪，彷彿看見進場的市民中，有張建寧的背影。她確實不了解張建寧，他在下班後獨自前來維園，完全沒有聯絡大家。他的父母當年一樣有參加遊行，曾帶兒子前來晚會，漸漸因忙於工作便沒有再來了。張建寧自覺應該薪火相傳。他經常低調地做事，卻不介意讓人看見世俗市儈的一面，這種是典型的香港人。

在燭光遍地的當兒，謝國鏘低聲説：「我決定不去美國了。」

國鏗一怔，未及回應，國鏘繼續説：「我想留下來照顧爸爸。」

國鏘沒說出來的是，雖然在香港居住的年日比紐約短，但香港才是他心之所繫的地方，他不想離開親人。

燭光在城市的中心浮浮泛泛，成了地上的銀河，是對於未來最閃亮的期盼。

飛翔專號系列·青鳥小説

關麗珊作品

F.1A

這是以真實時空為背景的小説：小學生踏入中學階段，高材生錯派學校、富家女考不上精英班、同輩間的排擠事件……中學生涯沒想像的美好；而「沙士」的陰鬱，為這羣學生帶來不同惆悵。

F.2A

這班中二學生各有不同的成長進度，面對陌生的自己和稚嫩的友誼，都有説不清的疑懼……他們能否積蓄勇氣，認識、接納和表達自己？

F.3A

中三的他們整天不快樂：想愛，又不知怎愛；與好友愛上同一女孩，卻不知女孩喜歡誰；想一家歡聚，總是碰壁，只有菲傭陪伴……這是他們的心聲。

F.4A

一羣好友因中四分科而分散，成長路上各有煩惱。父母婚姻多波折；親兄弟反目；遭心儀的男生當眾戲弄；高材生互相傾慕卻天各一方……他們能留下彩虹般美麗的回憶嗎？

F.5A

面對公開試，考第一的窮女生忙於兼職補習；資優少女不屑上試場；好友摯親猝逝，難平復心情；富家女將越洋升學，但堅持考會考……與此同時，香港經濟再起飛，城市卻失去些什麼。他們與時代同歷變遷，未來將怎樣呈現？

感謝您選了這本書，閱讀以後，
您有沒有一些啟發，一些感想？我們期望您的聲音。
請登上 **www.btproduct.com/book**，
在「讀者回應卡」頁面內填寫。謝謝。

飛翔專號系列最新書目

青鳥小說

書名	**作者**
冬青之母胡秀英	李綺年
Goal！	古永信
雜魚又如何	麥樹堅
漫遊未來	賴百樂
蝸居經紀活命記	古永信
出租關係	陳守賢等
愛．劇場	葉慧
穿人字拖的公主	王心靈
攝記追蹤之真相	馮志康
鳥是樹的花兒	鄒文律
野地果	胡燕青
跳躍女排 3　友誼防守	謝小寶
跳躍女排 2　首戰學界場	謝小寶
跳躍女排 1　校隊新丁	謝小寶
野男球隊	古永信
單車飄移	古永信
好想打網球	梁天樂
熱拚足球	梁天樂
8 號峰球隊	梁天樂